# Lesen für den Frieden

Chiemgau-Autoren e. V

© 2020 Chiemgau-Autoren e. V.

Layout: Reinhold Schneider

Coverfoto: Reinhold Schneider

Covergestaltung: Annemarie Singer

Redaktion: Uta Grabmüller

Herstellung und Verlag: BoD – Books on Demand, Norderstedt

Gedruckt in Germany


Bibliografische Information der Deutschen Nationalbibliothek:
Die Deutsche Nationalbibliothek verzeichnet diese Publikation in der Deutschen Nationalbibliografie; detaillierte bibliografische Daten sind im Internet unter http://dnb.dnb.de abrufbar.

ISBN: 9783752627817

Das Coverfoto ist eine kreative Nachtaufnahme des Münchner Siegestors. Dieses Monument, 1850 eingeweiht und ursprünglich „Dem bayrischen Heere" gewidmet, wurde nach grundlegender Renovierung 1958 zu einem Mahnmal umgedeutet und erhielt die Inschrift „Dem Sieg geweiht, vom Krieg zerstört, zum *Frieden* mahnend".

# Lesen für den Frieden

Herausgeber:

Chiemgau-Autoren e. V.

# Inhaltsverzeichnis

## Vorwort:

Wie schon in den Jahren 2018 und 2019 hatten sich die Mitglieder des Vereins Chiemgau-Autoren e.V. vorgenommen, auch im Jahr 2020 für die alljährlich vom Landkreis Traunstein veranstalteten Chiemgauer Kulturtage einen Beitrag beizusteuern. Dazu wurde ein Arbeitskreis gebildet, der das Projekt definieren und ausarbeiten sollte. Als Rahmenthema wurde *Frieden* gewählt. Die erarbeiteten Texte sollten in einer Lesung mit musikalischer Begleitung und Moderation vorgestellt und, wie schon die Jahre zuvor, auch in einer Anthologie veröffentlicht werden, die zum Lesetermin vorliegen sollte.

Um es den Autoren nicht zu einfach zu machen, wurden ihnen vom Arbeitskreis einige verbindliche Vorgaben gemacht. Zusätzlich zur Begrenzung der Textlänge mussten sie ein Zitat aus einem selbst zu wählenden Basistext in ihren Text einbauen, der den folgenden Bedingungen zu genügen hatte: Er sollte allgemein bekannt und für die Ethik und die Moral des Zusammenlebens der Menschen von Bedeutung sein. Falls der Basistext des Zitats nicht zu ermitteln war, durfte stattdessen auch nur der Autor genannt werden. Eine Erleichterung gab es für Gedichte: Hier konnte das Zitat dem Gedicht vorangestellt werden.

Acht Wochen hatten die Autoren Zeit, ihre Texte zu schreiben. In diesem Zeitraum kam es jedoch zur coronabedingten Absage der Chiemgauer Kulturtage. Da die Texte aber größtenteils schon geschrieben waren, beschloss der Verein, das Projekt auf eigene Kosten umzusetzen. Da einige der Autoren mehrere bzw. längere Texte eingereicht hatten, umfasst die vorliegende Anthologie neben den auf der Lesung vorgetragenen auch 20 weitere, insgesamt also 33 Texte von 19 Autorinnen und Autoren.

Der Leser findet in diesem Buch Kurzgeschichten, Gedichte sowie kreative moderne Texte rund um das Thema *Frieden*, wobei es nicht nur um den Frieden zwischen den Völkern, sondern auch um den häuslichen, den nachbarschaftlichen, den Seelenfrieden und weitere Varianten zum Thema Frieden geht. Die Texte berühren so aktuelle Themen wie den Schutz unserer Umwelt, die Flüchtlings- und die Coronakrise, beschreiben aber auch Alltägliches wie einen Zahnarztbesuch oder Besonderes wie die Persönlichkeitsentwicklung mit Pferden.

Es geht um Traditionen und Visionen, um Historisches und Utopisches – und um die Wünsche und Sehnsüchte von uns Menschen nach einem friedlichen Zusammenleben. Die Texte sind manchmal nachdenklich und ernst, manchmal heiter und oft mit einer guten Prise Humor gewürzt.

Im Namen des Vereins Chiemgau-Autoren e.V. wünsche ich unseren Lesern viel Spaß bei der Lektüre, neue Erkenntnisse über und tiefere Einsichten in ein friedliches, menschliches Zusammenleben sowie eine Zukunft in Frieden.

Reinhold Schneider

# Mensch

# Wie finde ich meinen inneren Frieden?

*Gudrun Bielenski*

Ein Tagebuch

Sonntag:

Die Sonne weckt mich und kitzelt mich an der Nasenspitze. Ich springe aus dem Bett, gehe auf den Balkon, strecke meine Arme weit aus und atme die frische, würzige Luft ein. Die Vögel zwitschern aufgeregt, sie fliegen unters Dach, um ihr Nest zu bauen. Ich schließe die Augen und lausche den Geräuschen des Frühlings. Ich fühle mich eins mit mir und der Welt. Es ist ganz einfach.

Montag:

Der Wecker klingelt um sechs Uhr.

Es regnet heftig. Im Regen zur U-Bahn laufen – meine Laune sinkt in den Keller.

Als ich aus dem Haus gehe, regnet es nur noch leicht. Ich lasse meinen Schirm zu. Auf meiner Kopfhaut spüre ich die feinen Regentropfen. Es fühlt sich an wie eine sanfte Massage.

Ich habe noch Zeit und setze bewusst einen Schritt vor den anderen.

Einatmen – Ausatmen

Ich freue mich auf meinen Tag.


Dienstag:

Ich sitze auf dem Sofa, höre Musik und genieße meinen Feierabend.

Das Telefon klingelt, meine Mutter ist am Apparat. Sie macht mir, wie schon oft, Vorwürfe, dass ich sie zu selten besuche. Ich versuche, sie zu beschwichtigen, verspreche, dass ich bald kommen werde.

Ich lege auf und fühle mich schuldig, wie so oft nach diesen Gesprächen.

Ich habe mir immer so sehr eine friedvolle und liebevolle Beziehung zu meiner Mutter gewünscht. Vielleicht gelingt es mir noch.


Mittwoch:

Heute haben wir eine große Besprechung in der Firma. Und ich stelle mein neues Projekt vor. Ich bin gespannt, wie meine Kolleginnen und Kollegen es aufnehmen werden. Wochenlang habe ich mich darauf vorbereitet.

Als ich es vortrage, ist die Begeisterung eher verhalten. Ich stoße auf Skepsis von Seiten des Teams. Ich bin enttäuscht, ich habe mir mehr Anerkennung und Zuspruch erhofft. Ich muss das Projekt noch einmal überarbeiten, damit es für uns alle stimmt.

Donnerstag:

Ich habe einen Termin bei einer Friseurin, die ich nicht kenne. Sie wurde mir empfohlen. Ich erkläre ihr, wie ich es haben möchte. Sie schneidet, und zack – zack, bin ich schon fertig. Zu Hause schaue ich mir die Bescherung an. Ich sehe furchtbar aus. Die Haare sind total verschnitten. Ich könnte heulen. Ich versuche, sie schön hinzufönen, aber es hat keinen Sinn. Was weg ist, ist weg.

Ich muss mich damit abfinden, sie wachsen wieder.

Freitag:

Ich lese in der Zeitung, dass die Flüchtlinge in Griechenland an der Grenze stehen. Die Flüchtlingslager sind total überfüllt dort. Seuchen breiten sich aus. Die wenigsten EU- Länder wollen diese Menschen aufnehmen.

Sie haben keine Zukunft und keine Hoffnung. Vor allem die Kinder!

Sie werden zerrieben zwischen den Interessen der Kriegsmächte.

Wann wird es endlich *Frieden* geben?

Jeder muss bei sich anfangen.

*Sage deinem Herzen, dass man vergebens den Frieden außer sich suche, wenn man ihn nicht sich selbst gibt.*

Zitat: „Sage deinem Herzen, dass man vergebens den Frieden außer sich suche, wenn man ihn nicht sich selbst gibt."
Basistext: Friedrich Hölderlin, Hyperion. Tübingen 1797-1799.

# Heasd as ned?

*Robert Xaver Gapp*

*„Wir sind nicht nur verantwortlich für das, was wir tun,*
*sondern auch für das, was wir nicht tun."*

Heasd as ned,
wia de Zeit vagehd,
wia de Zeit laaffd davo,
irgndwohi, ins Woaßgodwo?

Gspüasd n ned,
den koidn Wind,
dea do aus de Herzn
vo de Menschn kimd?

Ja, riachsd as ned,
de Gier nooch Macht,

dee de Hauffn Kriag
auf dera Wäiid entfachd?

Gspannsd as ned,
wia da *Friedn* varinnd,
und da Kriag scho
de ganz Wäiid umspinnd?

Siehgsd as ned,
wia de Haisa brenna,
und wia de Menschn do
um ia Leem doan renna?

Ja, heasd as ned,
wia de Kinda schrein,
wia da Abel wead wieda
daschloong vom Kain!

Gspannsd as ned,
daaß **Du** gheasd dazua,
wennsd nacha grod zuaschaugsd –
in olla Seelnruah?

Ja, glaabsd ebba ned,
es waar an da Zeit,
daaßd endli aufmuggsd
geeng de Gleichgültigkeit?

Heasd as iatz ned,
wia de Zeit vagehd,
wia de Zeit laaffd davo,
irgndwohi, ins Woaßgodwo?

Zitat: „Wir sind nicht nur verantwortlich für das, was wir tun, sondern auch für
das, was wir nicht tun."
Autor: Molière

# Das Boot

*Brigitte Geretschläger*

Wieder hört man dieses Flüstern. „Psst! Kommt schon!", zischt ein in Tüchern verhüllter Mann ungeduldig zwischen seinen löchrig-vergilbten Zähnen. Er winkt mit dem Arm. „Schnell!", drängt er mit verhaltener Stimme. Es ist Nacht in Zuwara, eine Stadt nahe der tunesischen Grenze. Dennoch warten Dutzende von Menschen an der Küste Libyens. Außer der Gischt des Meeres und dem leisen Gemurmel der Menschen ist nichts zu hören. Sie haben viel bezahlt für die Überfahrt in das vermeintlich gelobte Land. Alte, Junge, Kinder, Männer und Frauen, alle wollen sie weg. Weg aus ihrer Heimat, aus der Armut und dem Elend.

Nach der Geldübergabe stolpern sie im diffusen Schein des Mondes durch die Dünen in Richtung des Bootes. Frauen schleifen ihre Kinder hinter sich her oder halten sie fest im Arm. Männer tragen das Notwendigste, zusammengerafft in Stoffbeuteln und Rucksäcken. Einige verfangen sich in ihren langen Gewändern und fallen in den weichen Sand. Die Nachfolgenden kümmert es nicht. Sie laufen weiter und weiter. Fürchten um ihren Platz im Boot. Ein Platz, der ihnen die Freiheit verspricht.

„Los, los", flüstert ein Mann mit heiserer Stimme, der beim Einsteigen behilflich ist. Die Schlepper haben nicht lange Zeit. Sie dürfen nicht entdeckt werden. Mit nassen Füßen steigen die Flüchtenden in das wackelige Boot. Suchen Halt beim Nächsten. Der Letzte, ein Mann mittleren Alters, bekommt eine Taschenlampe in die Hand gedrückt. Das Schlauchboot macht einen Ruck. Sie werden von einem Elektroboot geräuschlos ins offene Meer geschleppt.

Jamal, der Mann mit der Taschenlampe, schaut zum Himmel, als würde er beten.

„Wird schlechtes Wetter geben, der Mond hat einen Vorhof", hört er seinen Nebenmann sagen.

„Ja, vermutlich", gibt er einsilbig zur Antwort.

Von der Küste weit genug entfernt, klinkt sich der Schlepper aus und fährt zurück. Die Insassen des Bootes sind auf sich alleine gestellt. Mittlerweile hat die Morgendämmerung eingesetzt. Es ist kalt. Die nassen Füße frieren. Zudem schwappt Wasser über die Bordwand. Die Flüchtenden versuchen hektisch das

Wasser mit beiden Händen aus dem Boot zu schöpfen. Doch bei jeder Bewegung dringt noch mehr ins Innere.

„Das funktioniert nicht", ruft Jamal. „Wir sind zu schwer."

Panik kommt auf. „Was jetzt? Wir werden ertrinken."

„Hilfe, Hilfe", rufen ein paar instinktiv.

„Hört auf, es hört uns keiner. Wir dürfen uns nicht bewegen, damit nicht noch mehr Wasser eindringen kann", bestimmt der Mann mit der Taschenlampe.

„Wir sind zu viele. Einer von uns muss von Bord", hört man eine leise Stimme.

„Wie bitte?", fragt Jamal ungläubig.

„Einer muss von Bord", wiederholt die Stimme nun mutiger.

Schlagartig kehrt Ruhe ein. Alle warten gespannt, was passiert.

„Ihr habt gehört, was er gesagt hat. Gibt es Freiwillige?", fragt Jamal provokant.

Ein Stimmengewirr setzt ein. Immer mehr Wasser dringt in das Boot. Die Kinder, übermüdet und hungrig, beginnen zu weinen. Die Mütter schreien aus

Hilflosigkeit und Angst. Ein paar Männer stecken ihre Köpfe zusammen und flüstern.

„Hey, ihr da, was flüstert ihr?", will Jamal wissen.

„Wir wollen, dass der über Bord geht." Sie zeigen mit dem Kinn in Richtung des jungen Mannes. „Ja, er hatte auch die Idee dazu gehabt."

„Halt", ruft Jamal. „Was seid ihr für ein Pack? Einen Bruder zu opfern, als Mittel für eure Zwecke. Schämt ihr euch nicht? *Lasst ab vom Bösen und tut Gutes; sucht Frieden.*

„Fällt dir was Besseres ein? Schau, das Wasser steigt und steigt. Wir werden alle ertrinken", ruft eine Frau laut gegen den aufkommenden Wind.

„Der junge Mann hat schon irgendwie Recht gehabt. Wir müssen das Boot entlasten, wenn wir überleben wollen." Alle reden durcheinander.

„Ja genau. Das ist es!", ruft Jamal erleichtert. Die Gruppe horcht auf. „Ich habe eine Idee. Werft alles über Bord was ihr mitgenommen habt: Schmuck, eure Taschen, Kleidung, alles…"

„Nein, kommt nicht in Frage. Ich brauche meine Sachen, wenn wir an Land sind", weigert sich der Erste. Er hält demonstrativ seine Habseligkeiten fest umklammert, aus Angst, sie könnten ihm entrissen werden.

„Wenn du nicht mitmachst, wirst du und werden wir alle nie das Land erreichen." Jamal wischt sich über die Stirne. Es beginnt zu regnen. Das Meer wird immer unruhiger.

„Darf… darf ich das Wasser behalten – für mein Kind?", fragt eine Mutter.

„Wasser und Essen behalten wir natürlich. Alles andere muss aber weg. Das ist die einzige Möglichkeit uns zu retten."

Jeder schaut seinen Verwandten. Nachbarn, Gegenüber an, versucht die Stimmung der Gruppe einzufangen. Sie sind unsicher, bis endlich ein Mann seiner Frau mit einem unmerklichen Nicken sein Einverständnis gibt. Sie holt das Essen aus der Tasche, lehnt sich vorsichtig über die Bordwand und lässt sie ins Wasser fallen. Ergriffen schauen alle hinterher, wie die Tasche von den Wellen erfasst wird und untergeht.

Zögernd machen es ihr die anderen nach. Tränen laufen leise über die Gesichter. Befreit von der Überlast sitzen sie nun, ihres letzten Eigentums entledigt, lethargisch auf den Plätzen. Der Schlaf übermannt sie und Ruhe kehrt ein. Keine friedliche, eher eine aus Erschöpfung. Doch dann plötzlich ein Aufschrei – mitten in die Stille.

„Was ist das?", fragt Jamal den jungen Mann. Die Gruppe schrickt auf. Erwacht aus ihrem tranceähnlichen Zustand. Sie sind mit einem Schlag hoch konzentriert.

„Was?"

„Na das, unter der Bank!"

„Nichts."

„Was heißt nichts? Spreiz deine Beine." Neugierig und voller Anspannung sind alle Blicke auf ihn gerichtet.

„Nein."

Kein Mucks ist zu hören. Sie halten den Atem an. Jamal schaut dem jungen Mann stichgerade in die Augen. Eine gefährliche Ruhe geht von ihm aus. „Mach auf, sonst …"

Nur zögernd kommt der junge Mann der Aufforderung nach. Ergreift dann doch mit einem Griff seinen Rucksack und wirft ihn mit Schwung ins Wasser.

Sie treiben noch Tage im Meer, bis sie völlig geschwächt von einem alten Fischkutter aufgegriffen werden. Er zieht sie zur Küste. Zu welcher, wissen sie noch nicht.

„Land in Sicht. Wir haben überlebt", krächzt Jamal mit letzter Kraft. Das Einzige, was ihm geblieben ist, ist die Hoffnung. Er hat keine Ahnung, was noch auf ihn zukommt.

Zitat: „Lass ab vom Bösen und tue Gutes; suche Frieden und jage ihm nach."
Basistext: Bibel, Psalm 34, 15:

# D'Leni

*Uta Grabmüller*

Xari verzog das Gesicht. Er stand nervös mit Schorsch vor dem Krankenzimmer.

„Moanst, dees gang, Schorsch?" sagte der Xari ängstlich.

„Freili, " sagte der Schorsch. „I mecht, dass's a Ruah gibt, d'Leni, und dass's wieder an *Frieden* hot im Haus. Der Pfarrer sogt, *dass jeder Verstorbene schicklich beerdigt werden soll.* Un der Burgermoasta hot's aa gsogt, Xari. Oiso kemma der Leni doch ihr Hausbank mit ins Grob legn. Do is doch oiwei so gern gsitzt. Fimf Johr lang is an gonzn Dog dort gsitzt, bis so arg krank worn ist, dass's nimma ganga is. Aber aa wias nocher im Krankehaus gwean is, hot's do immer no amoi hiwoin, auf ihr Bankerl, Xari."

„Moanst, des soidadn mia macha,Schorsch?" sagte der Xari. „Mei, wennst moanst, Schorsch, nocher versuach mas hoit," sagte der Xari. „Waar scho schee, wenn d'Leni eana Bankerl dabei hätt, do im Grob drunt. Da daad se se gfrein. Oda, Schorsch?", sagte der Xari.

„Freile daat se se gfrein, Xari, " sagte der Schorsch. „Dees Bankerl hot ihra der Opa zur Hochzeit gmachd, und siebzg Johr is vorm Haus gschtandn, des

Bankerl," sagte der Schorsch. „Und wie oft is d'Leni drauf gsitzt, Xari! Woaßtes no, Xari?" sagte der Schorsch.

„Freile woaß i dees no, Schorsch," sagte der Xari. „Siebzg Johr is d'Leni drauf gsitzt."

„Do gheert se des doch, dass sie ihr Bankerl dabei hot, im Grob drunt, Xari," sagte der Schorsch.

„Host recht, Schorsch," sagte der Xari. „Oba boi der Pfarrer was dagegn hot, Schorsch? Wenn er ned wui, dass d'Lene mit dem Bankerl eingrobm werd? Wos deama nocha, Schorsch?"

„Mei, Xari, i kenn an Doudengräba guat, Xari. Des ist mei Spezi. Den frog i, und der wird's scho richtn," sagte der Schorsch.

„Des is gfeit, Schorsch," sagte der Xari. „Des gfreit mi. Und mir ham dann aa am Pfarrer gfoigt und d'Leni so begraben, wia's schicklich ist. Un dees gfreit aa d'Leni, Schorsch."

„Dees glaab i aa, Xari, dann hot's ihrn *Frieden*, d'Leni," sagte der Schorsch. „Un mia aa, Xari".

„So is, Schorsch, so is. Un mia ham aa an *Frieden*, Schorsch," sagte der Xari.

„Siehgst as, Xari. No is recht. Komm, ma sogns der Leni, Xari," sagte der Schorsch.

Sie klopften leise an der Tür des Krankenzimmers und traten vorsichtig ein.

Bleich und still lag die alte Frau in ihrem Bett. Mit zufriedenem Lächeln. Und einem sehr verschmitzten Gesichtsausdruck.

Sie hatte ihren *Frieden* gefunden.

Zitat: „Die Gemeinden haben dafür zu sorgen, daß jeder Verstorbene schicklich beerdigt werden kann."

Basistext: Bayerische Verfassung, Art. 149

# Welche Schuhgröße hast du?

*Uta Grabmüller*


Welche Schuhgröße hast du?

18 ½? 37? 45?

Wie viel  Quadratzentimeter sind das?

Nicht viele, oder?

Lass' es  100 oder 200 oder 300 Quadratzentimeter sein.

Aber die könnten sein: *Frieden*.


Du kannst anfangen damit. Mit dem *Frieden*. Deinem *Frieden*.

Und wir alle könnten mit unseren 100 oder 200 oder 300 Quadratzentimetern den *Frieden* verbreiten.

Bis die Erdoberfläche mit *Frieden* voll wäre!

Also los!!

Der Erdball bringt es auf mehr als 510 Millionen Quadratkilometer.

Da haben wir viel zu tun, wenn *wir* mit *Frieden die Erde ins Gleichgewicht bringen* wollen:

Mit *Frieden*.

Nach und nach immer mehr *Frieden*.

Jeder für sich kann da was tun.

Es ist hoffentlich ansteckend. Das mit dem *Frieden*.

Ich zweifle.

Doch was ist die Alternative?


Zitat: "We balance the earth." (… wir … die Erde ins Gleichgewicht bringen …")
Basistext: Philipp Deere: Rede an der Wiener Wirtschaftsuniversität 1982

# im unsteten lauf des seins

*katalin jesch*

an den mauern entlang türen finden
über reißendem strome brücken ziehen
das leben das wir haben
leben frei doch in regeln
vorausschauen trauen schritte setzen
im lauf der dinge im rätselhaften chaos
die liebe das friedliche in augenblicken spüren

wer kennt uns wie wir sind und waren
die sehnsucht die hoffnung das tun
außerhalb der zeit wird uns zuteil was kommt und alles was vergeht
auch wenn wir fremde sind unsere sprache nicht sprechen
nichts von uns wissen doch wir haben ein gemeinsames ziel
das nie vergeht wir suchen im ganzen wellenden leben
frieden im eigenen hafen

wir schattenrisse eine unbekannte summe der jahre
vergehen in der trügerischen konsequenten zeit
abgemessen mit worten abgewogen
sichtbar doch unaufhaltbar im unsteten lauf des seins
schicksale wandeln uns
auch der bleibende wille wenn wir erkennen
*„es gibt keinen weg zum frieden, denn frieden ist der weg"*

bis zum zukunftsende unserer vorstellungen
in wirklichkeiten verwandeln auch wenn wir wissen
wir sind blätter am baum im lauf der jahreszeiten
schneeweiß grüngelb rotbraun bevor wir
schwarzgrau gegen das licht fliegen
unser ist was wir sind
wir sind in uns frei

Zitat: „Es gibt keinen Weg zum Frieden, denn Frieden ist der Weg".

Basistext: Es gibt keinen Weg zum Frieden, denn Frieden ist der Weg. Hrsgg. von Franziska Roosen. München 2019.

# ALPHABET

*Monika Klinkenberg-Weigel*

*Frieden* Komma Leerzeichen
*Friedens* Bindestrich Leerzeichen

*Abkommen*

*Angebot*

*Apostel*

Lücke

*Bemühung*

*Bereitschaft*

*Bewegung*

Ausfall

*Engel*

Auslassung

*Fahrt*
*Forschung*
*Freund und Freundin*
*Fürst*

Bresche

*Gespräch*

*Gruß*

Bruch

*Initiative*

Defizit

*Konferenz*

Foramen

*Liebe*

Leck

*Marsch*

*Mission*

Loch

*Nobelpreis*

Mangel

*Ordnung*

Öffnung

*Pfeife*
*Pflicht*
*Plan*
*Politik*
*Preis*
*Prozess*

Ritze

*Richter und Richterin*

Schlitz

*Schluss*

*Sicherung*
*Stifter und Stifterin*
*Störer und Störerin*

Spalt

*Taube*
*Truppe*

Zwischenraum

*Verhandlungen*
*Vertrag*

Lücke

*Zeichen*
*Zeit*

das Leck finden

Lückenbüßer

in die Bresche springen

Zitat: Alle kursiven Wörter des Gedichts sind Zitate aus dem Duden-Artikel zum Stichwort „Frieden"

Basistext: Duden. Die deutsche Rechtschreibung. 27., völlig neu bearbeitete und erweiterte Auflage. Herausgegeben von der Dudenredaktion. Auf der Grundlage der aktuellen amtlichen Rechtschreibregeln.

# Für d'Katz

*Gustl Lex*

Zerst wars ja no a Katzerl, wias aber a Katz worn is, da san's oganga, de Probleme zwischen de Schnappingers und der Frau Streitwieser. Vor allem, weil de Schnurri gern bei de Salatpflanzerl von der Frau Streitwieser ihra Notdurft verrichtet hat.

„Wenn i's no a mal dawisch, dann daschlag i's," hats gsagt, de Frau Streitwieser, und no a paar andere Unschönheiten, „und schauns' grad, dass koane Junga bringt, oa so a Mistviech glangt!"

Erzürnt gingen sie auseinander, es herrschte Krieg zwischen ihnen, obwohl sie früher sogar befreundet waren.

Voller Wut dachte Hedwig Schnappinger noch an die Streitwieser, dann rief sie beim Tierarzt an, für einen Eingriff *zur Verhinderung der unkontrollierten Fortpflanzung* und bekam glatt wider Erwarten für den Nachmittag einen Termin.

Die Sonne schien, als sie mit dem in Narkose liegenden, kastrierten Stubentiger vom Tierarzt heimkam. Sie stellt den Katzenkorb mit der schlafenden Katz in den Garten und geht fürs Abendessen zum Einkaufen.

Als Herbert Schnappinger heim kommt, ist niemand da. Er geht in den Garten, wo ihm die Schnurri entgegen kommt. „Ja, was hast denn Du?", sagt er zu ihr. Sie zittert, dann fällt sie freiweg um. Er geht auf sie zu, sie springt auf, schaut glasig und reißt das mit weißem Schaum tropfende Maul auf. Wieder kippt sie zur Seite. Als Herbert sich nähert, springt Schnurri auf, macht einen Buckel und faucht. Herbert will sie streicheln, da kratzt und beißt sie ihn wild und torkelt davon. Er schaut seine blutende Hand an und ist geschockt. Die hat Tollwut, durchzuckt es ihn und, obwohl sonst der friedlichste Zeitgenosse, geht er in den Geräteschuppen, nimmt die Schaufel und schlägt auf die Katze ein, bis sie tot ist.

Gerade wie er, hingerissen zwischen Zorn und Mitleid, noch einmal kräftig ausholt, kommt Hedwig. Zuerst ist sie sprachlos, aber dann legt sie unter Tränen los: „Bist du narrisch, mir kemman doch grad vom Tierarzt, de is no unter Narkose, i habs doch kastrieren lassen!"

Wie erstarrt hält Herbert seiner Frau die blutende Hand hin und sagt unter Tränen: „Und i hab gmoant, sie hat Tollwuat!" Geknickt schleicht er ins Haus.

Hedwig nimmt die tote Katze, und in dem Augenblick schaut die Frau Streitwieser übern Zaun.

„Was hats denn,' s Katzei?", fragt sie, und da erzählt ihr Hedwig immer noch unter Tränen, dass sie hundertzehn Euro fürs Kastrieren ausgegeben und ihr Mann die unter Narkose stehende Katze wegen Tollwut erschlagen hat.

„Des häts jetzt a net braucht", sagt die Streitwieser mit einem leichten Anflug von Mitleid. „Aber so sans de Männer, allwei glei bei der Hand. Wissens was Frau Schnappinger, san ma wieder guat", und sie streckt ihr die Hand übern Zaun, „gebm ma am Katzei an *Frieden*!"

Hedwig Schnappinger schlägt ein: „Is guat, Frau Streitwieser, mach ma Frieden, aber mei Mo wird so a Depp sei!"

„Ja, ja", meint Frau Streitwieser versöhnend, „d'Männer, aber Frau Schnappinger, Irren is halt menschlich, selbst bei na Viecherei!"

Zitat: „... zur Verhinderung der unkontrollierten Fortpflanzung ..."
Basistext: Deutsches Tierschutzgesetz §6, Absatz 5

# Einer für alle

*Ina May*


Ich sehe dich an und frage: Wie ist man gut?

    Ohne Mut geht es nicht, sagst du zu mir,

    und ich glaube dir.

    Doch was ist mutig – und wer kann es sein?

    So ganz allgemein?, fragst du. Nun, dann erzähle ich dir etwas.

    Über einen Mann und seine Bestimmung.

    Dass dem Schicksal niemand entrinnt.

    Irgendwann und irgendwo beginnt deine Geschichte ...

    gab es jemanden, der etwas auf sich nahm.

    Er tat es ohne zu fragen, was bekomme ich dafür.

    Und wir?

    Ohne Gegenleistung, ohne Lohn –

    läuft gar nichts auf der Welt, mein Sohn.

    Dieser Mann, er war gut, und er hatte Mut;

    und er starb, weil Feigheit einen Namen hat –

verlassen und allein, verspottet und verflucht,

hat er trotz allem versucht, uns zu lieben.

Am Ende war er groß und die anderen klein,

heute ist er es noch, wird es immer sein.

Sein Sterben bedeutet unseren *Frieden.*

*Vergib' ihnen,* bat er, *denn sie wissen nicht, was sie tun.*


Und ich verstehe jetzt ein bisschen mehr;

es gibt Dinge, die getan werden müssen,

es gibt Menschen, die dafür büßen.

Es gibt Glaube und Hoffnung, sie kann gewaltig sein.

Und es wird eine Zukunft geben, wenn auch wir verzeih'n.


Zitat: „Vergib' ihnen, denn sie wissen nicht, was sie tun."

Basistext: Evangelium nach Lukas 23, 34

# Vision

*Sabine Rosenberg*

*Ich habe eine Vision*
es wird alles Dunkle von mir fallen
Stille wird sein
und aus der Ruhe entsteht die Kraft
zur Veränderung

*Ich habe eine Vision*
es wird Liebe sein, in mir zu allen Menschen
Liebe wird sein
und aus der Liebe entsteht die Kraft
zur Veränderung

*Ich habe eine Vision*

es wird Licht kommen aus einer anderen Welt

Licht wird sein

und aus dem Licht entsteht die Freiheit

zur Veränderung

Zitat: „I have a dream"

Basistext: Martin Luther King: Rede beim Marsch auf Washington für Arbeit und Freiheit (28.8.1963)

# Antigone – frei nach Sophokles

*Sabine Rosenberg*

Es machte mir etwas Mühe, nach Hause zu gehen. Steil und steinig waren die Straßen Thebens, ich musste auf meine Schritte achten, mich konzentrieren. Konnte mich nicht allzu sehr in meinem Gedankenkarussell verlieren. Irgendwie musste ich Ordnung in meine Gedanken bringen.

Es war Frühling. Auf den sieben Hügeln der Stadt blühten die Mandelbäume, gelb leuchtete die Forsythie in den Gärten. Mein Auge reichte über die Landschaft Böotiens, die sich in ein Blumenmeer verwandelte. In der Ferne sah ich die Ägäis. Das Erblühen der Landschaft stand in Kontrast zu meinen Gefühlen. Verzweifelt flehte ich die Göttin Athene um Hilfe an, damit sie Kreon zu Menschlichkeit und Klugheit führe. Aber danach sah es nicht aus. Ich fühlte mich zwischen Himmel und Erde zerrissen. Alles Beten hatte nichts bewirkt. Nichts schien das Schicksal aufhalten zu können. Obwohl die Sonne brannte, fröstelte es mich leicht. Ich wickelte meine weiße Tunika fest um meinen Körper, setzte energisch meine Schritte Richtung Stadt. Jedenfalls äußerlich wollte ich einen entschlossenen Eindruck erwecken, da ich innerlich keinen Rat mehr wusste.

Plötzlich sah ich drei Gestalten von der anderen Seite des Tempels auf mich zukommen. Zuerst konnte ich sie im gleißenden Sonnenlicht nicht erkennen. Ich sah lediglich ihre Silhouetten. Ihre weißen Tuniken wehten im Wind. Doch als ich genauer hinsah, fiel es mir wie Schuppen von den Augen. Ich erkannte die drei Ratsmitglieder, mit denen ich vor wenigen Stunden im Bürgerrat diskutiert hatte. Gemeinsam mit Kreon, dem sturen und uneinsichtigen König Thebens. Viel zu zurückhaltend waren die Drei da in ihren Meinungsäußerungen gewesen! Deshalb hatte die Sitzung keinen guten Verlauf genommen. Kreon hatte sich wieder einmal durchgesetzt. Das bedeutete, es würde Krieg geben.

Nun hatten die Drei mich erreicht, sie winkten mit den Armen und lachten. Ich lächelte zum Gruß, zum Lachen war mir nicht zumute.

„Geht ihr auch in die Stadt?" Sie bejahten.

„Dann können wir den Weg zusammen gehen. Ich würde mit euch gern noch einmal über die Ratssitzung sprechen. Wart ihr mit dem Ergebnis zufrieden?"

Ein heftiges Kopfschütteln kam als Antwort. Alle drei überschlugen sich in Kritik an Kreon. Ihre Worte erstaunten mich, weil sie so klar, ja so messerscharf die Fehler des Herrschers erkannten.

Warum nur, frage ich mich jetzt, hatten diese so überaus klugen Menschen bloß im Rat geschwiegen? Warum nur hatten sie auf der Versammlung nicht so klar ihre Meinung gesagt wie jetzt?

Dann wäre das Unheil, das nun folgen würde, vielleicht abzuwenden gewesen.

Ich hütete mich aber, dies vor den drei Ratsmitgliedern laut zu äußern. Ich wollte sie mir nicht auch noch zu Feinden machen.

Wir erreichten den Markt von Theben. Hier war es so laut, dass wir unser Gespräch unterbrechen mussten. Bauersfrauen boten lautstark ihr Obst und Gemüse an, das appetitlich in roten, gelben und grünen Farben auf den Tischen lag. Es wehte ein leichter Wind, der den Geruch von frischem Fisch über den großen Platz wehte. In den Schüsseln der Fischer lagen Heringe und Doraden, auf großen Messingtellern breiteten sich die frisch gefangenen Krabben aus. Direkt neben dem Fischstand boten die Schneider Seide und Baumwolle an. Es war wohl ein Schiff aus dem Osten gekommen, das all die Köstlichkeiten an Land gebracht hatte. Bestimmt hatte es auch die vielen exotischen Gewürze mitgebracht. Der ganze Markt war von dem Duft von Safran, Kurkuma, Curry und Kümmel erfüllt.

Normalerweise liebte ich den Markt mit seinen Köstlichkeiten. Heute berührte mich das alles nicht. Sogar der kleine Nachbarsjunge ließ mich kalt. Obwohl er mit seinen verstrubbelten schwarzen Haaren und seinen vor Dreck starrenden Gewändern irgendwie niedlich anzusehen war - auch deshalb, weil er immer eines von den unzähligen neugeborenen Kätzchen auf seinen Schultern trug.

Ich dachte wieder an die Sitzung und daran, dass ich mit meinen Worten Kreon zu meinem Feind gemacht hatte. Empört über seine halsstarrige Haltung schrie ich ihn an, wie viele Menschen er noch umzubringen gedenke. Ob es denn nicht reichen würde, dass Antigone und ihre Brüder Eteokles und Polyneikes tot seien? Ja, dass sogar Haimon, der Verlobte Antigones ,sein Leben verloren hätte, ebenso seine eigene Frau Eurydike? Fast alle seiner Lieben seien durch Selbstmord aus dem Leben geschieden! Reicht es nicht, dass er durch seine Herrschsucht, mit seiner Rechthaberei fast seine ganze Familie ausgelöscht hatte? Er solle es jetzt doch genug sein lassen und mal darüber nachdenken, was er getan habe. Und nicht schon wieder einen neuen Rachefeldzug anzetteln, indem er gegen die Athener in den Krieg ziehe und wieder unschuldige Menschen sterben ließe. Ob er denn nicht sehe, wie Hass und Rache aufs Neue Unglück erzeugen? Dann flehte ich ihn an, weiteres Blutvergießen zu verhindern.

*Ungeheuer ist viel und nichts ungeheurer als der Mensch.*

Kreon sah mich nach diesen Worten entgeistert an. Widerstand war er nicht gewöhnt. Alle anderen Männer in der Ratsversammlung schwiegen, keiner sprang mir zur Seite. Keiner hatte den Mut, seine Meinung zu sagen.

„Du bist entlassen", entfuhr es ihm dann. "Fortan bist du kein Ratsmitglied mehr. Verschwinde!"

Ich war erschrocken. Weniger über den Hinauswurf als über meinen plötzlichen Mut. Niemand widersprach Kreon. Ich versuchte, mich von der unangenehmen Erinnerung zu lösen und meine Gedanken wieder in die Gegenwart, auf das bunte Markttreiben bringen. Das fiel mir nicht leicht, immerhin hatte ich einen sehr wichtigen, gut bezahlten Posten verloren, der noch dazu hoch angesehen war.

Nachdem ich noch einmal die ganze Szene vor meinem inneren Auge hatte Revue passieren lassen, verfiel ich in ein trauriges Schweigen. Ich verließ mit den drei Männern den Markt. Pietros war der erste, der das Wort ergriff.

„Ich weiß, was du denkst. Du ärgerst dich darüber, dass wir mit unserer Meinung hinter dem Berg gehalten haben. Aber wir führten vor der Sitzung zu dritt eine lange Diskussion darüber, wie wir auf der Versammlung auftreten. Und wir kamen alle drei zu dem Schluss, dass es keinen Zweck habe, mit Kreon zu diskutieren. Er ist nicht nur durch den Tod fast seiner ganzen Familie innerlich vor Trauer und Schmerz wie gelähmt, sondern er kennt leider auch keinerlei Reue und ist zur Selbstreflexion nur sehr bedingt fähig. Eine andere Meinung duldet er nicht und er nutzt seine Macht, andere zu unterdrücken. Um von seinen eigenen Fehlern abzulenken, braucht er jetzt diesen Krieg gegen Athen, damit er durch aggressive Taten seine Trauer überspielen kann. Er ist der verzweifelte Hund, der beißen muss. Das Schicksal ist nicht aufzuhalten, war unsere Meinung. Es ist nur schade, dass du jetzt nicht mehr im Rat bist. Du wirst uns als eine der vernünftigen Stimmen fehlen. Aber bald werden sich die Dinge wieder ändern, spätestens wenn Kreon diesen Krieg verliert."

Wieder verblüffte mich die Klugheit der Ratsmitglieder, ihr Vorausschauen und ihre Vernunft, nicht gegen Dinge anzurennen, die nicht zu ändern sind.

Ja, unsere Demokratie ist noch nicht sehr weit entwickelt. Das wurde mir wieder einmal deutlich bewusst. Immer noch ist der König quasi Alleinherrscher, gefangen in einem Denken, das sich allein um Rache, Ehre und Kampf dreht. Einem Denken, dass jede Menschlichkeit und damit jede Aussicht auf einen dauerhaften *Frieden* zerstört.

Es wurde Abend und Zeit, mich von den drei Männern zu verabschieden. Das fiel mir schwer, denn ihre Präsenz voll Klugheit und Herzenswärme tat mir gut. Bildeten sie doch einen wohltuenden Kontrast zur männlichen Unreife Kreons.

Warum nur gibt es so viele unreife Herrscher? Lebt wohl Pietros, Dorian und Eliah! So bald werde ich euch vielleicht nicht wiedersehen!

Langsam, auf jeden Schritt achtend, ging ich die enge Gasse Richtung Meer gen Süden hinab. In der Ferne sah ich seine tiefblaue Farbe schimmern, die sich allmählich mit dem noch tieferen Blau des Himmels vermischte. Es dunkelte, ich musste schauen, rechtzeitig nach Hause zu kommen. In meinem Kopf kreisten die Gedanken, ich war wütend und traurig zugleich. Ich, der ich über keinerlei Macht verfügte, vermochte den Lauf der Welt nicht aufzuhalten. Als einfacher Bürger konnte ich nur darauf hoffen, dass eines fernen Tages eine wirkliche Demokratie entsteht, in der die Menschen in Frieden leben können.

Zitat: „Ungeheuer ist viel und nichts ungeheurer als der Mensch."
Basistext: Sophokles: Antigone , 332 / Chor

# Was ist Frieden?

*Sabine Rosenberg*

*Wenn die Macht der Liebe über die Liebe zur Macht siegt,*
*wird die Welt Frieden finden.*

tanzen, beten, meditieren
Menschen, die wir lieben
ein Gang durch die Natur
nur einmal die Stille spüren

hören den Klang der inneren Stimme
wispert leise uns ins Ohr
in den Blumen unsres Gartens
im Antlitz der Natur
zu dem Klange der Musik
wir einander die Hand uns reichen
schreiten gemeinsam ein kleines Stück

ist es dieses einfache Glück?
es einmal geschehen lassen
nicht meinen, immer alles zu machen
einen Atemzug des Augenblicks
lieber einmal innehalten

in dem Lächeln unsrer Kinder
das uns lässt wieder selber Kind sein
in den kleinen Gesichtern und Händen
kehrt bei uns der *Frieden* ein.

Lasst uns tanzen für den *Frieden*
drehen wir dabei im Kreise
heben an in einer Weise
schreiten vorwärts ein, zwei Schritt
wenden uns einmal zurück
anzuschauen, was unsre Herzen lieben

Zitat: "When the power of love overcome the love of power, the world will know peace" (Wenn die Macht der Liebe über die Liebe zur Macht siegt, wird die Welt Frieden finden)

Basistext: Lied von Jimi Hendrix

# Beim Zahnarzt

*Sabine Rosenberg*

„Rähbäh, rähbäh, ich will nicht, dass der Zahnarzt bohrt! Mama, ich habe Aaaannngst!"

„Sei ruhig, du machst mich noch wahnsinnig mit deinem Geschrei. Das tut doch gar nicht weh! Du bekommst doch eine Spritze!"

„Was, eine Spritze! Huh, huh, ich will keine Spritze. Ich will nach Hause!"

Max macht den Versuch, vom Zahnarztstuhl aufzuspringen, um davon zu laufen. Der Zahnarzt hält ihn mit eiserner Faust fest. Max brüllt jetzt wie am Spieß. In dieses Geheule fällt sein Zwillingsbruder Moritz ein.

„Mama, Mama, ich habe auch Angst und will auch nach Hause!" Er schlägt mit den Fäusten auf seine Mutter ein, die ihn an der Hand festhält. Das Geheule steigert sich zum Crescendo und ist inzwischen ohrenbetäubend. Die Kinder wehren sich aus Leibeskräften. Sowohl beim Zahnarzt als auch bei der Mutter beginnt der Schweiß herunterzulaufen. Der schon etwas in die Jahre gekommene Mann drückt Max mit aller Kraft in den Zahnarztstuhl. Max beißt ihn mit voller Kraft in die Hand.

Jetzt beginnt der Zahnarzt vor Schmerzen zu schreien. Der Mutter ist es peinlich, dass sich ihre Söhne so unmöglich aufführen, und sie entschuldigt sich beim Zahnarzt. Dieser ist völlig überfordert.

„Früher waren die Kinder besser erzogen", schreit er die Mutter an. Dabei lässt er Max für eine Sekunde los, die dieser nutzt, um vom Stuhl aufzuspringen und aus dem Raum zu fliehen. Die Mutter schafft es gerade noch, sich vor die Tür zu stellen.

„Sie alter Trottel", herrscht sie den Zahnarzt an. „Statt mir zu sagen, dass ich meine Kinder nicht erziehen kann, sollten Sie Ihre männliche Autorität ausüben, wenn Sie die überhaupt haben. Sie sind doch der Arzt und müssten wissen, wie man Kinder, die Angst haben, behandelt."

In totaler Rage dreht sie sich zu ihren beiden Buben um.

„So, jetzt aber sofort Ruhe! Wenn ihr euch brav auf diesen Stuhl setzt und euch eure winzig kleinen Löcher bohren lasst, dann dürft ihr heute Abend auf Netflix `Mord und Totschlag` Staffel 3 sehen. Da gibt es über 100 Morde in einer Stunde. Es ist für Kinder ab drei Jahre, ihr seid ja schon sechs."

Augenblicklich herrscht Totenstille, Max und Moritz werden brav wie Lämmerschwänze, setzen sich einer nach dem anderen auf den Zahnarztstuhl. Ohne einen Mucks zu machen, öffnen sie den Mund. Sie haben beide ein kleines

Loch am oberen, linken Schneidezahn. Wie viele Zwillinge erleben sie stets die gleichen Sachen; sie leben synchron, im Positiven wie im Negativen.

Der Zahnarzt bohrt, füllt die Lücke und schleift den Zahn ab. In zehn Minuten ist alles bei beiden erledigt. Drei schweißgebadete Menschen verlassen die Praxis, ein schweißgebadeter Zahnarzt bleibt zurück.

„Schrecklich, diese Kinder", seufzt er und wischt sich mit dem Taschentuch den Schweiß von der Stirn. „Gottseidank, endlich ist *Frieden.*"
*Ein Zahnarzt ist ein Mann, der gegen Bezahlung Reißaus nimmt.*

Zitat: „Ein Zahnarzt ist ein Mann, der gegen Bezahlung Reißaus nimmt"
Autor: Heinz Erhardt

# Arschloch

*Mick Saunter*

*Frieden?*

Wie meinst du das, du willst jetzt einfach nur deinen *Frieden*, nach dem ganzen Corona-Scheiß, und wo alles jetzt so verdammt beschissen unbequem geworden ist?

D e i n e n *Frieden?*

Du hast vielleicht Nerven!

Und was ist mit den Anderen?

Die, die ihn wirklich nötig hätten?

Wie kannst du auch nur im Geringsten daran glauben, einen wie auch immer gearteten Anspruch auf *Frieden* zu haben – angesichts der unfassbaren Zahl an Kriegen, die es heute, im 21. Jahrhundert, nach wie vor in dieser Welt gibt, und der nicht zu begreifenden, immer und überall ausgeübten Gewalt?

Den nicht zu beziffernden Verbrechen gegen die Menschlichkeit, die auch heute, an diesem und an jedem weiteren Tag, wieder im Namen des *Friedens* überall verübt werden – von Menschen, die es eigentlich besser wissen und: besser könnten?

Was sagst du da?

*Qui desiderat pacem, bellum praeparet* – wer sich nach Frieden sehnt, bereite sich zum Kriege vor !

Glaubst du etwa daran?

Immer noch? Echt? Bist du tatsächlich auch so einer?

Nach so vielen Jahrhunderten, nach so viel Erfahrungen und Erkenntnissen, überall – dass es niemals, niemals zu etwas führt, Gewalt auszuüben?

Bei dem Wissen, dem wirklich und immer wieder bestätigtem Wissen, dass alles, und auch ganz besonders die Gewalt, letztendlich nur zu einem selbst zurückfließt?

2017 waren es 31 Kriege und bewaffnete Konflikte auf der Welt, und 65,6 Millionen Menschen waren auf der Flucht. Wie viele Tote es dabei gab, wage ich überhaupt nicht nachzulesen. Die hätten das Recht so was zu sagen – meinst du nicht?

Und da willst du ernsthaft nur d e i n e n *Frieden*?

Wegen so ein bisschen Corona?

Du spinnst wohl, du Arschloch!

Zitat: "Qui desiderat pacem, bellum praeparet." (Wer sich nach Frieden sehnt, bereite sich zum Kriege vor)

Basistext: Vegetius Renatus: De re militari (Über das Kriegswesen)

# Nähre den Frieden in Dir …

*Waltraud Schögler*

Frauen und Kinder sind die meist unschuldigen Opfer der vorwiegend von Männern geführten Kriege. … *um unserem Heim und unseren Frauen den Frieden zu erhalten, ziehen wir Männer ja in den Krieg,* bekommen wir als Rechtfertigung zu hören. All diese Kriege und all das, was es mit den Frauen und Kindern gemacht hat, gaben und geben sie weiter, von Generation zu Generation. Sie beeinflussen unseren Blick aufs Leben und wie wir damit umgehen. Im kollektiven Familien-Unterbewusstsein sind diese traumatischen Erfahrungen abgespeichert und hindern uns daran, uns frei zu entfalten. Meine Kriegsenkel-Generation leidet noch immer unter den traumatischen Erlebnissen unserer Väter, Mütter und Großeltern.

„Was macht der Krieg noch heute mit mir?" Mit dieser Frage ging ich zu den Pferden. Pferde bewerten uns nicht. Sie machen nur das sichtbar, was uns noch nicht bewusst ist. Für Pferde sind Gefühle einfach nur Informationen, weder gut noch schlecht. Pferde haben jederzeit Zugang zum kollektiven Unterbewusstsein.

Auf dieser Ebene können wir mit den Pferden kommunizieren, hier ‚sprechen' sie mit uns in Form von Bildern, Gefühlen, Gedanken oder Gewissheiten.

Ich suchte ‚meinen' Platz auf der riesigen Weide und fühlte mich dort in meinen Körper ein. Meine Beine fühlten sich plötzlich ganz schwach an. Ich hatte Mühe, nicht einzuknicken. Eine große Traurigkeit überwältigte mich, und ich musste weinen. Es gab so viele Opfer in diesem Krieg. Es gab so viele Leidtragende. Und es wurden auch viele Opfer gebracht. All diese Opfer wollten endlich angenommen werden.

Die Schwere zog mich nach vorne und nach unten. Ich musste meine ganze Kraft zusammennehmen, um nicht nach vorne zu kippen. Ich fragte mich, was denn gegen diese Schwere helfen würde, die wie ein Mühlstein um meinen Hals hing?

Ein Schmetterling flog vorbei, ein Pferd furzte. Ich lächelte und dachte: „Ich darf das loslassen, was nicht zu mir gehört!"

Doch sofort wurde ich wieder ernst: „Darf ich das?"

Meine Beine fühlten sich nun wieder stabil an. In Zickzacklinien bewegte ich mich auf das zweite Pferd zu. Es fühlte sich wie ein langsamer, zögernd begonnener Tanz an.

Ich dachte: „Darf ich tanzen und mich am Leben freuen mit dem Wissen um all die Opfer?"

Das Pferd wandte sich mir zu, es ,sagte': „Das Gras ist lecker. Es riecht frisch und schmeckt gut. Was spricht dagegen, zu grasen? Gras ist Nahrung und Nahrung bedeutet Leben! Nimm das Leben und genieße es – sonst wären all die Opfer umsonst gewesen!"

All die Schwere fiel von mir ab. Nun fühlte ich mich frei, mein Leben neu zu entdecken, und *Frieden* breitete sich in mir aus.

Zitat: „… um unserem Heim und unseren Frauen den Frieden zu erhalten, ziehen wir Männer ja in den Krieg"
Basistext: Bertha von Suttner: „Die Waffen nieder" (Dresden 1889).

# Druntradribrig

*Ingeborg Schmid*

Bislang hat man für ein gedeihliches Miteinander der Menschen an den A<u>n</u>stand appelliert.

Jetzt wurde ein Buchstabe ausgetauscht, und es sei nun der A<u>b</u>stand, mit dem eine ganze Enkelgeneration ihren Großeltern das Leben retten könne.

Wenn wir als Kinder mit den Großen über den Brenner gefahren sind, wollte der Zöllner in den Kofferraum schauen. Und am Heimweg von der Zollfreizone Samnaun konntest du umso mehr Zucker mitnehmen, je mehr Leute du auf die Rückbank gepackt hattest.

Jetzt bohrt dir der Grenzpolizist mit einem Wattestäbchen in die Nase und lässt nur auf deinen Sozius, mit wem du unter einem Dach lebst.

Damals hat ein Besuch gerade mal Anstalten gemacht aufzubrechen, da schallte dir schon ein mehrstimmiger Chor entgegen: Hand geben und anschauen.

Jetzt zückt er den Meterstab, verhängt das halbe Gesicht und du winkst müde mit dem Ellenbogen.

Vom *Spare in der Zeit* und *Beide Hände reich ich Dir* will ich ebenso wenig reden wie vom *Wo gesungen wird, da lass Dich nieder.* Bin ohnehin allein mit mir und meinen Aerosolen.

Ich knie mich hin und lasse meinen Kopf nach unten gleiten.

Einstmals rieten sie in unruhigen Zeiten, die Füße am Boden zu halten.

Jetzt verhake ich meine Finger vor dem Hinterkopf ineinander, schmiege meinen Schädel dran und lasse ihn schwer in Richtung Erde sinken. Ein Bein nach dem anderen hole ich mir heran und strecke es zur Decke hoch. Ich bin eine vertikale Linie und blicke in eine Welt, die mir wieder vertraut ist.

Früher habe ich von vielen geträumt, die miteinander so einen Moment des *Friedens* schaffen.

Nun reicht es mir, den Kopf in den Sand zu stecken und die Zehen in die Höhe.

Zitate: *Spare in der Zeit, Beide Hände reich ich Dir, Wo gesungen wird, da lass Dich nieder.*
Basistext: Michael Leichter: Wo man singt, da lass Dich nieder. Ein Vergleich der Lebenszufriedenheit zwischen Musikanten und Nicht-Musikanten.
AV-Akademiker-Verlag, 2013.
Zum Begriff „Druntradribrig": Ausdruck im Ötztaler Dialekt für „kopfüber".
Text: angeregt durch Mark Twains Aussage „Wenn wir bedenken, dass wir alle verrückt sind, ist das Leben erklärt".

# Yoga ist weniger Denken und mehr Sein

*Ingeborg Schmid*

Sapperlot, habe ich jetzt tatsächlich meine Wasserflasche vergessen. Dabei hatte ich sie heute Morgen noch extra mit in die Spülmaschine gesteckt. Apropos Spülmaschine, ist die jetzt ausgeschaltet? Nicht, dass sich wieder den ganzen Tag so ein übler Geruch über die Küche legt! Was noch? Matte, Block, Gurt, Handtuch, Schlüssel, … wo steckt denn bloß wieder der Autoschlüssel …, mit dem Fahrrad wäre sich das auf keinen Fall mehr ausgegangen, geschweige denn zu Fuß. Gut, der Nachbar fährt gerade aus der Garage. Wenn ich mich beeile, kann ich bei dieser Öffnung des Tors noch mitschlupfen. Na bravo, wieder die Letzte, das Parken unter dem Schulküchenfenster wird schon zur Routine. Bislang hat es der Schulwart zum Glück nicht bemerkt, oder zumindest geduldet. Wenn ich die Schuhe noch im Auto abstreife und auf Socken über den Schulhof hopse, müsste es sich bis zum ersten OM ausgehen. Die Kursleiterin fängt ja immer überpünktlich an. Frage mich sowieso schon die ganze Zeit, was das für eine eigenartige Kurszeit ist, aber wahrscheinlich muss die Volkshochschule auf die Turnsaalnutzung durch die Schule Rücksicht nehmen und dann wieder der

Yogakurs auf die angeseheneren Kurse, Fußball zum Beispiel. Das sei ja ein richtiger Sport, Yoga dagegen nur eine Blödelei für Bioläderntanten. Hatte ihr gerade gestern wieder ihr testosterongeladener siebzehnjähriger Sohn erläutert und dabei seine kraftkammergestählten Oberarme demonstrativ unter seinem T-Shirt aufgebläht. Weißt Du, Mutti, hatte er mitleidsvoll gemeint, kein Wunder, dass Dein Arzt gemeint hat, Du müsstest Muskelaufbau betreiben. Du sitzt einfach viel zu viel herum den ganzen Tag. Keine körperliche Arbeit, nur das bisschen Computern, und am Wochenende…? Ja, das Wochenende, geht es ihr bitter durch den Kopf, verbringe ich damit, Eure Turnkleidung zu waschen, Fußballstutzen zu flicken, Sportlermüsli vorzubereiten, Trockenobst zu schnipseln, Proteinzufuhr sicherzustellen, damit ihr am Sonntagabend dann wieder auf Eure Trainingslager verschwinden könnt. Yoga, hatte er allerdings noch versöhnlich hinzugefügt, sei ja an sich nicht so ganz schlecht, halt nichts für die Kraft.

Aber mir tut es gut, denkt sie trotzig, als sie endlich strumpfsockig die paar Stufen hinunter in den Gymnastikraum auf einmal nimmt, mit einer gekonnten Bewegung aus dem Handgelenk heraus die Matte ausrollt und sich fast zeitgleich darauf in den Lotussitz brezelt. Weil es mir hilft, zur Ruhe zu kommen, bei mir zu bleiben, meine Gedanken ziehen zu lassen. Ganz, wie es beim Dings heißt: *yogaś citta-vṛtti-nirodhaḥ - Yoga ist das Zur-Ruhe-Bringen der Gedanken im Geist.* Ja, gerade so wie bei mir, denkt sie *zufrieden*. Und das dritte OM schließlich tönt sie inbrünstig mit.

Zitat: „Yoga ist das Zur-Ruhe-Bringen der Gedanken im Geist."
Basistext: Yoga Sutra des Patanjali, 1.2.

# Beim Maibaum-Aufstellen

*Anni Stiegler*

«Fesch!» Adrett hätte meine Mutter gesagt.
Ein bisschen verkleidet komme ich mir vor.
Ein Dirndl gehört zum guten Ton,
und Dazugehören ist ein gutes Gefühl.
    Der Platz ist abgesperrt.
Der Autoverkehr wird umgeleitet.
Eine Trachtengruppe wartet vor dem Dorfplatz auf ihren Auftritt.
    Direkt unterhalb der Kirchenmauer
Männer mit Gamsbärten am Hut.
Schneidig sehen sie aus.
Fahnenabordnungen, Standarten mit Heiligenfiguren bestickt,
Feuerwehr, Schützenverein,
bunte Schulterschärpen,
Frauen in Festtagstracht.
Die Dorfgemeinschaft präsentiert sich in Sonntagslaune.

Alles hat seine Ordnung nach der Messe.

Die Blaskapelle spielt.

Die Instrumente glänzen im Sonnenlicht.

Am Gedenkmarterl für die gefallenen Soldaten
viele Namen: Huber, Beierl, Schedlbauer, Gruber, Brunner,
auch fremdklingende Namen dabei, alt waren die wenigsten geworden.

Die Sonne brennt vom Himmel.

Die Dorfjugend in Wadenstrümpfen und Lederhosen,
braun gebrannt von der Arbeit im Freien, vom Klettern oder vom
Mountainbiken.

Ein riesiger, in der Nacht erfolgreich bewachter Baumstamm mit weiß-blauen
Rauten und Bändern wird herangeschafft.

Der Pfarrer segnet den Maibaum und die Gemeinde.

Es kann losgehen!

Mit Muskelkraft und langen Stangen, «Schwaibeln» und «Hau Ruck» wird der
Baum aufgestellt.

Die Blaskapelle spielt:
«Schneidig vor!» heißt der Infanteriemarsch.

Im Gleichschritt!

So war es auch damals,

nach dem Kirchgang mit Wandlung.

Die Osterfahne, die den Sieg Jesu Christi über den Tod verkündet!

Es gab mal ein Reichsflaggengesetz und die Hakenkreuzfahne,

es gab den Heldengedenktag.

1942 hat jemand die Familie Goldmann denunziert.

Sie sind niemals wieder gesehen worden.

Jetzt ist *Frieden*! Gottseidank!

Kinder rennen lachend hin und her.

Ein Vater im Trachtenjanker mit dem Sohn auf den Schultern.

Kleine Mädchen hüpfen ungebändigt im Takt der Musik.

Ein dunkelhäutiges Mädchen im Dirndl mit der kleinen Schwester an der Hand.

Gaudi und Spaß für alle.

Im Wirtsgarten spendet eine große Kastanie Schatten.

«Mogst was dringa?»

Die Wirtstochter lächelt mit ihrem herzigen, von einer Flechtfrisur hübsch umrahmten Jungmädchengesicht. Sie stellt die Maß Bier auf das karierte Tischtuch.

Der Großvater war ein strenger Parteigenosse der Nationalsozialisten, erzählt man sich heute.

Mädels mit Zopffrisuren und Schleifen im Haar, Knaben mit grünen Hüten und weißen Federn.

«Dätscher und Hänsei» heißt ihr Tanz.

Darunter eine fremdländisch aussehende Tanzpartnerin.

Sie überragt ihren blonden Tänzer um Kopfeslänge.

Geflohen aus Somalia, Sudan, Syrien, Afghanistan? Einheimische setzten sich für Kriegsflüchtlinge ein.

«Prost, san ma wieda guad!»

*«Wo man singet, da lass ruhig dich nieder, böse Menschen haben keine Lieder.»*

Die Bayernhymne wird angestimmt. Alle kennen den Text.

*Gott mit dir, du Land der Bayern*
*Über deinen weiten Gauen*
*Ruhe seine Segenshand!*
*Er behüte deine Fluren,*
*Schirme deiner Städte Bau*
*Und erhalte dir die Farben*
*Seines Himmels, weiß und blau!*

*Gott mit dir, dem Bayernvolke,*

*Dass wir, uns'rer Väter wert,*

*Fest in Eintracht und in Frieden*

*Bauen uns'res Glückes Herd!*

*Dass mit Deutschlands Bruderstämmen*

*Einig uns ein jeder schau*

*Und den alten Ruhm bewähre*

*Unser Banner, weiß und blau!*

Niemand ahnt, dass die schöne fremdländische Tänzerin und ihr blonder
Freund leise den Text einer dritten Strophe singen.


*Gott mit uns und allen Völkern,*

*ganz in Einheit tun wir kund:*

*In der Vielfalt liegt die Zukunft,*

*in Europas Staatenbund.*

*Freie Menschen, freies Leben,*

*gleiches Recht für Mann und Frau!*

*Gold'ne Sterne, blaue Fahne*

*und der Himmel, weiß und blau.*

Zitat 1: „Wo man singet, da lass ruhig dich nieder, böse Menschen haben keine Lieder."

Basistext 1: Johann Gottfried Seumes Gedicht/Volkslied: «Die Gesänge» 1804

Zitat 2 = Strophe 1 und 2 (von 3)

Basistext 2: Bayernhymne/"Lied für Bayern" 1860. T: Michael Öchsner, M: Max Kunz

Zitat 3 = Strophe 3. Hiermit wurden Muhammad Agca, Tatjana Sommerfeld und Benedikt Kreisl von der Beruflichen Oberschule Bad Tölz Sieger im Wettbewerb 2012

Basistext 3: Wettbewerb, ausgeschrieben von Bayerischer Einigung e. V./Bayerischer Volksstiftung und der Staatsregierung.

# Der Mensch als Richter

*Peter Witt*

Ein Mann hatte jeden Tag zu Gott gebetet. Aufgrund seiner ausgezeichneten Bibelkenntnisse und seines vorbildlichen Lebenswandels nahm er eines Tages allen Mut zusammen, um sich als weltlicher Richter zu bewerben. „Herr, ich glaube, dass ich für Dich der richtige Mann bin, der in Deinem Sinne richten und schlichten kann und dazu beitragen würde, dass mehr Friede werde auf Erden."

Der Herr sprach: „ Ich will dir drei Fälle zur Probe geben. Wenn du alle richtig beurteilst, will ich dich als meinen Richter einsetzen. Als erstes ist da eine Frau. Sie kommt zum Richter und fordert eine Strafe für die Nachbarin, die sich mit ihrem Mann eingelassen hat." Der Mann sprach sogleich: „Da würde ich die Nachbarin für das Vergehen bestrafen. Sie müsste für die betrogene Frau ein Jahr lang deren Wäsche waschen."

Der Herr sprach: „Der zweite Fall ist ein Mann, der schon nach einer Stunde am Stammtisch aufgestanden und zu seinem Weib heimgegangen ist. Kaum hat er die Runde verlassen, haben sich die verbliebenen Gäste gleich über ihn und seine Ehe unterhalten. Als er davon erfährt, fordert er deren Bestrafung wegen übler Nachrede." Auch da musste der Mann nicht lange nachdenken: „Da würde ich diese hinterhältigen Spötter dazu verurteilen, den Mann am Stammtisch zechfrei zu halten."

Der Herr sprach: „Einer unter diesen Männern hat gesagt, er sei sich keiner Schuld bewusst, weil er in dieser Runde geschwiegen hat. Auch er möchte Gerechtigkeit." Der Mann lächelte: „Da würde ich diesen Mann für seine Diskretion belobigen und ihn von der Strafe befreien."

Gott sprach nach einer kurzen Pause: „Die Prüfung hast du nicht bestanden. Da hast dreimal falsch geurteilt. Im ersten Fall ist die Nachbarin unschuldig. Der Mann ist nicht heimlich zu ihr, sondern sittsam zu seinem Stammtisch gegangen. Die Wirtshausgäste sind auch nicht schuldig. Sie haben sich nach dem frühzeitigen Aufbruch des Mannes nicht über ihn lustig gemacht, sondern sich nur über seine bigotte Einstellung zur Ehe unterhalten. Als Einziger ist der Schweiger am Tisch zu bestrafen, weil er ein Mensch ist, der nie eine Meinung hat und zu nichts Stellung nimmt."

Da dämmerte es dem Bittsteller: „Mein Gott, die Geschichte dieses Mannes kommt mir bekannt vor. So ist es ja mir selbst gegangen, als ich einmal eigens früh vom Wirt heimgegangen bin! Da hatte ich zu unrecht den Verdacht, meine Frau würde mich mit meinem Nachbarn betrügen."

Der Herr sprach: „Du wirst verstehen, als meinen Richter kann ich dich nicht einsetzen. Menschen sind dazu ungeeignet. Sie versuchen aber ständig, sich als Richter über ihre Mitmenschen aufzuspielen, woraus viel Unfrieden entsteht. Du hast mich wenigstens gefragt, ob ich dich dazu brauchen kann. Wenn du wissen willst, wie ich darüber denke, lies nach was Paulus dazu geschrieben hat:

*Soweit es möglich ist und auf euch ankommt, lebt mit allen in Frieden. Nehmt keine Rache, holt euch nicht selbst euer Recht, meine Lieben, sondern überlasst das Gericht Gott.*

Zitat: „Soweit es möglich ist und auf euch ankommt, lebt mit allen in Frieden. Nehmt keine Rache, holt euch nicht selbst euer Recht, meine Lieben, sondern überlasst das Gericht Gott.“

Basistext: Brief des Apostel Paulus an die Römer 12, 18

# Nur unter Protest

*Peter Witt*

Viel lieber hätte ich über Hölderlins Hymne „*Friedens*feier" geschrieben. Aber die Ausschreibung unterbindet dies: „Es muss ein politischer, religiöser oder philosophischer Sachtext sein, kein Roman oder sonstiger literarischer Text." Also google ich mich mühsam durch das Internet, um den geforderten Basistext zu finden. Bei Immanuel Kant „Zum ewigen *Frieden*" steht zu lesen:

*Kein Staat soll sich in die Verfassung und Regierung eines andern Staats gewalttätig einmischen.*

Wer würde Kant da nicht Recht geben? Leider hat Napoleon diese Abhandlung nicht gelesen und Europa verwüstet. Oder zu spät gelesen, womöglich erst auf St. Helena. Aber nicht nur der große Korse war voller Ignoranz für *Friedens*-texte. Dies setzt sich bis in die heutige Zeit fort. So mischen sich deutsche Politiker und Medien seit Jahren in innere Angelegenheiten unseres Nachbarlands Österreich ein. Der *Frieden* blieb glücklicherweise erhalten. Aber das gute Verhältnis hat Einbußen erlitten. Man erkennt dies an Leserkommentaren der Kronen-Zeitung, in denen wieder häufiger der despektierliche Ausdruck „Piefke" auftaucht. Ich frage Sie als Leser: Würden Sie nicht auch sauer reagieren, wenn sich Ihr Nachbar gut vernehmlich über den Zustand Ihrer Ehe mokiert? Mit Recht würden Sie sagen: Das geht ihn nichts an! Hätte er Kant gelesen, würde er sich nicht so weit aus dem Fenster gelehnt haben.

Sehen wir uns aber mal diese Kulturveranstaltung mit ihren durchaus zu diskutierenden Vorgaben an, so sollte man auf die verborgenen Intentionen der daran Beteiligten zu sprechen kommen, die sie dazu verleitet haben, ausgerechnet den Begriff „*Frieden*" auszuwählen. Dazu kann ich mir nur vorstellen, dass diese Herrschaften der Meinung sind, auch Autoren müssten mit ihren Mitteln einen Beitrag zum Welt*frieden* beisteuern. Die größten Philosophen haben dies aber schon vergeblich versucht. Das Beispiel Kant habe ich schon genannt. Die Menschen an den Hebeln der Macht haben sich immer schon über diese Empfehlungen hinweggesetzt. Wenn es die großen geistigen Koryphäen schon nicht schaffen, wie kann man glauben, dass wir kleine Schreiberlinge mit unseren Texten etwas ausrichten können? Das ist reichlich naiv. Jetzt bin ich schon in der Verfassung, dass ich mich aufrege: Ich würde es sogar als Zynismus bezeichnen, der hier zutage tritt. Ich protestiere gegen diesen Anspruch, den ich nicht erfüllen will. Zum Thema „*Frieden*" kann niemand etwas Neues schreiben. Man kann da schreiben, was man will, der Mensch will davon nichts wissen. Ich bin es leid, für dieses Heer von Ignoranten schöne Texte zu schreiben, um vielleicht in Sonntagsreden zitiert zu werden. Ich verbiete mir selbst, hier noch weiter zu schreiben. Vorsorglich weise ich darauf hin, wenn sich das Organisationskomitee es sich noch nachträglich einfallen lässt – bei diesem Gremium kann man ja nicht sicher sein –, einen Preis für den besten *Frieden*stext auszuloben, dass ich diesen auf keinen Fall annehmen werde.

Zitat: „Kein Staat soll sich in die Verfassung und Regierung eines andern Staats gewalttätig einmischen."
Basistext: Immanuel Kant, Zum ewigen Frieden. Berlin 1795.

# Corona

# De Corona-Krise

*Karl-Heinz Austermayer*

> *"Frieden beginnt damit, dass sich jeder von uns*
> *gut um den eigenen Körper und den eigenen Geist kümmert."*

Wenn as Leb'n auf amal still steht – im ganzen Land
und ma se zur Begrüßung – nimmer gibt de Hand,
wenn ma Angst hat – vor an unsichtbaren Feind
und se net amoi treffa derf – mit de besten Freind',
wenn ma dahoam sitzt – ganz alloa
und nimmer woa' – wos ma grod no ko doa,
wenn ma seinen Mitmenschen auf amal allen misstraut
und se nur no auf zwoa Meter zuabe traut,
wenn de Ärzte nimmer wissen – noch ein, noch aus
und ma im Krankenhaus oan Toten noch'n andern schiabt naus,
wenn dann d'Leit zum Bet'n wieder geh'n – runter auf de Knie
– dann nennt ma des – weltweite Pandemie!

A Virus, des no koaner kennt

und des ma oafach – Corona-Covit-19 hat g'nennt,

hat de ganze Welt – ganz plötzlich – hoamg'suacht,

und ma hat ganz vogeblich – vo'suacht

de Folgen des Ausbruchs zu lindern

und sei' Verbreitung zu verlangsamen oder ganz zu vo'hindern,

doch des Virus war nimmer zum Dahalt'n, und iatz is' halt do

koaner woaß recht, was ma bloß dagegen macha ko,

a Impfstoff oder a Medikament – müassert halt schnell her,

aber des zu finden – is no sakrisch schwer,

mia kinan grod hoffa, dass' bald wos find'n,

nur so kinan mia de Pandemie a überwind`n,

wia as Leb'n danach – dann wieder weitergeht

woaß no koaner – weil des no in den Sternen steht!


Dooch:

Bringt des Virus net a - a bisserl an *Frieden* in da Welt,

weil nix mehr mehrer - wia de G'sundheit zählt?

Net amoi mehr de Kriege in da Welt interessier'n,

weil alle nur no de Angst vor da Zukunft spür'n,

de Regierungen appellier'n an den eigenen Vo'stand

und alle bleib'n dahoam – im ganzen Land,

so hat se des Staadhalt'n für unser Luft auf alle Fälle g'lohnt

weil dadurch d'Umwelt werd' – wieder besser g'schont –

irgend wann werd'n ma wohl – in unser'n oiden Trott z'ruckkehr'n,

nur so wia's vorher war – werd's wohl nia mehr wer'n!

Zitat:  "Frieden beginnt damit, dass sich jeder von uns gut um den eigenen Körper und den eigenen Geist kümmert."
Basistext: Aus den Schriften zum Frieden in der Welt von Thich Nhat Hanh (geb. 1926, buddhistischer vietnamesischer Mönch)

# Die Stille ist eingekehrt

*Reinhold Schneider*

Ein winziges Virus mit dem sperrigen Namen Sars2-Covid 19 hat das Ortszentrum von Prien leergefegt, und ein Hauch von Stille liegt über dem Marktplatz. An der großen Kreuzung, an der sonst um diese Zeit Autos dicht an dicht in allen vier Himmelsrichtungen unterwegs sind, schiebt ein einsamer Radfahrer sein Fahrrad über den Zebrastreifen, der über die Alte Rathausstraße führt. Um die Ecke, an der Schulstraße, wartet eine junge Mutter mit ihrem Kinderwagen an der Fußgängerampel auf das grüne Signal. Der Parkplatz an der Beilhackstraße, auf dem ich noch letzte Woche vergeblich nach einem freien Platz Ausschau hielt, ist halb leer. Bei meinem Zahnarzt bin ich der einzige Patient und komme sofort dran. Allerdings muss ich gleich nach dem Eintreten die Hände waschen.

Nach der Behandlung möchte ich mich, wie üblich, mit einem Kaffee belohnen, und ich laufe die paar Meter rüber zum Villino. Auf der sonnigen Holzterrasse sind die Stühle schräg an die leeren Tische gelehnt. Vor dem Ladenfenster stehen zwei Personen in respektvollem Abstand hintereinander und warten auf ihren Coffee to go. Ich stelle mich hinten an und blicke sehnsüchtig auf die Terrasse. Normalerweise würde ich jetzt hier sitzen und meine Zeitung lesen. Aber die Barmischung schmeckt auch aus dem Pappbecher ganz passabel.

Bei Lidl steht ein dunkelhäutiger junger Mann mit einem Eimer und einem Lappen vor der Schiebetüre und bedeutet mir mit einer Handbewegung zu warten. Maximal dreißig Kunden dürfen gleichzeitig im Laden sein. Bei den eintretenden Kunden desinfiziert er die Griffe der Einkaufswägen. Die Kassiererin sitzt hinter einer Plastikscheibe, und vor der Kassentheke halten auf dem Boden abgestellte Gemüsekisten die Kunden beim Einräumen der Ware auf Distanz.

Distanz scheint ohnehin das Gebot der Stunde zu sein. In den eigenen vier Wänden verringert sie sich schon allein auf Grund der Zeit, die man mit seinen Liebsten zusammen sein muss. Dafür scheinen außerhalb der Wohnungen unsichtbare Greifarme die Menschen auf dem gesetzlich verordneten Mindestabstand von 1,5 m zu halten. Die Regale sind voller als die Parkplätze. Sogar der Stapel mit dem Klopapier reicht bis zur Decke. Für die permanent Misstrauischen findet sich am Eingang noch ein Schild mit dem Hinweis: Bitte kaufen Sie nur so viel, wie Sie benötigen. Es ist genug Ware da. Ich denke unwillkürlich an das Klopapier.

In der dritten Woche der Ausgangsbeschränkung haben sich die meisten Menschen auf die neue Situation eingestellt. Am Rimstinger Strand sitzen Zweier- und

Dreier-Gruppen in angemessener Entfernung voneinander auf ihren Decken und genießen die warmen Ostertage. Lediglich eine gute Hand voll Jugendlicher befreit sich gerade ausgelassen im Glanz der frühen Abendsonne sowohl von den Fesseln der elterlichen Fürsorge als auch denen des Gesetzgebers, indem sie unter schallendem Gelächter singen: *Wir sind das Volk*. Und an der Tischtennisplatte stoßen zwei Mittfünfziger bei jedem Ball, der die Platte verfehlt, spitze Schreie aus, während sie sich leichtfüßig über den Graubereich der Vorschriften hinwegspielen.

Sogar die Spaßvideos, die sich schon in *Frieden*szeiten im Netz wie Tauschware hin und her bewegen, haben das neue Thema aufgenommen und zeigen, dass Kreativität und Humor auch in Krisenzeiten nicht unterzukriegen sind.

Zitat: „Wir sind das Volk."
Basistext: Georg Büchner: Dantons Tod (1835)

# Die Experten

*Reinhold Schneider*

Seit einigen Monaten werden wir nicht mehr von Politikern regiert, sondern von Experten. Von Virologen, Epidemiologen und Intensivmedizinern. Sie geben vor, welche Grundrechte als Nächstes eingeschränkt werden, und die Politiker setzen es um. Eine solche kollektive Gehorsamkeit der Politik gegenüber der Wissenschaft hat es seit Gründung der Bundesrepublik in diesem Ausmaß nicht gegeben. Was würde eigentlich passieren, wenn dies so bliebe ? Wenn die Politik auch in Zukunft voll umfänglich auf die Experten hören würde? Ich wage einen Blick in die Zukunft!

In einigen Monaten, wenn wir alle gut durchseucht sind, wenn die Zahl der täglich neu Infizierten den Medien keine Meldung mehr wert ist, dann werden sich andere Experten zu Wort melden. Die, die bisher zu kurz kamen. Sie werden dann ausgerechnet haben, wie viele PKW-Kilometer nicht gefahren und wie viele Tonnen $CO_2$ dabei nicht emittiert wurden. Sie werden Zahlen vorlegen, die zeigen, wie viele Tonnen Industrie-Abgase nicht entweichen konnten, weil wir die Fabriken geschlossen haben. Sie werden alle diese und weitere Zahlen in Modelle einfließen lassen, die aufzeigen, wie positiv sich der shut down unserer Wirtschaft auf unsere Umwelt ausgewirkt hat. Und sie werden empfehlen, diesen shut down einmal pro Jahr für vier Wochen durchzuführen, und aufzeigen, dass dies die einzige Möglichkeit ist, eine Klimakatastrophe zu verhindern und das Zwei-Grad-Ziel doch noch zu erreichen.

Dies wird in den Medien hohe Wellen schlagen, und wieder andere Experten werden sich zu Wort melden. Diese werden uns vorrechnen, wie viele Arbeitsplätze und Steuereinnahmen dem Staat durch den shut down verloren gingen, wie viele Milliarden Euro die staatlichen Hilfsmaßnahmen gekostet haben und auf welche Höhe die Staatsverschuldung dadurch gestiegen ist. Dies alles wird den Menschen Angst machen.

Diese Angst wird von einer neuen Partei aufgegriffen werden. Der Linken Alternative. Sie wird versprechen, sowohl die Umwelt durch einen jährlichen vierwöchigen shut down zu retten als auch die Einkommen der Arbeitnehmer durch einen Lohnausgleich zu garantieren. Dies wird den heftigen Widerspruch der Freiheitlichen Demokraten herbeirufen, und es wird eine hitzige Debatte geben, in der sie sagen: *Nur wer etwas leistet, kann sich etwas leisten.*

Und die Linken Alternativen würden dann kontern, dass dadurch zwar die Staatsschulden stetig anstiegen, aber auch nicht höher werden würden als die der südlichen Länder. Und dies wiederum würde doch den politischen *Frieden* im Hause Europa fördern – was doch auch für Deutschland gut wäre.

Und auch von kirchlicher Seite wird die Diskussion bereichert werden und Kardinal Quarks wird anlässlich eines Interviews im Freisinger Tagblatt mit den Worten zitiert werden: *Frieden ist nicht alles, aber ohne Frieden ist alles nichts,* und er wird die historische Gelegenheit zu einem Apell an seine Glaubensgemeinde nutzen und sein  Interview mit den Worten beenden: *Geben ist schließlich seliger denn nehmen.*

Zitat 1: *„Frieden ist nicht alles, aber ohne Frieden ist alles nichts".*
Basistext 1: Rede von Willy Brandt
Zitat 2: *„Geben ist seliger denn Nehmen".*
Basistext 2: Bibel, Neues Testament, Apostelgeschichte 20, 35
Zitat 3: *„Man kann sich nur was leisten, wenn man was leistet".*
Basistext 3: Rede von  Michail Gorbatschow

# Das rätselhafte Virus

*Reinhold Schneider*

Die letzte Pandemie mit Sars2-Cov19 lag kaum drei Jahre zurück, als ein neues Virus auftauchte. Es nistete sich nicht mehr im Rachen ein, sondern im Gehirn. Und es wurde nicht mehr über Tröpfchen übertragen, sondern über böse Gedanken. Immer wenn jemand schlecht über einen Mitmenschen dachte, dann wurde er infiziert, sofern er sich innerhalb eines Radius von 5 – 50 m von diesem aufhielt. Dieser im Vergleich zum Covid 19-Virus deutlich größere Ansteckungsbereich liegt am geringeren Luftwiderstand von Gedanken im Vergleich zu Tröpfchen – so das Robert-Koch-Institut. Die häufigsten Symptome waren Übellaunigkeit, Antriebslosigkeit, Verstopfung und depressive Verstimmungen. Was den Experten Rätsel aufgab, war die in Bayern nach Landstrichen sehr unterschiedliche Sterberate pro Einwohner von 0,5 bis 5 %. Um dieses Rätsel zu lösen, beauftragte die Bayerische Landesregierung den renommierten Virologen Professor Heiner Steak vom Institut für Virologie der Uni Bonn, mit Vor-Ort-Studien in den am meisten und am wenigsten betroffenen Münchner Stadtteilen. Das Wissenschaftlerteam befragte dazu stichprobenartig die Angehörigen, Kollegen und

Freunde der Verstorbenen zu deren Berufen und Eigenschaften. Dabei kamen überraschende Ergebnisse zu Tage.

In den am meisten betroffenen Gebieten wie den Münchner Stadtteilen Ramersdorf und Sendling gab es unter den Verstorbenen eine signifikante Häufung der Eigenschaften sensibel, gutmütig, hilfsbereit, weltoffen, sanftmütig und wohlwollend, und unter den Berufen gab es eine auffallende Häufung bei Krankenschwestern, Altenpflegern, Kindergärtnerinnen, Grundschullehrern, Sozialarbeiterinnen und Psychotherapeuten.

In den am wenigsten betroffenen Gebieten wie Alt-Bogenhausen, Grünwald und Solln wiesen die Verstorbenen signifikant häufig die folgenden Charaktereigenschaften aus: Egoismus, Neid, Ignoranz, Narzissmus, Engstirnigkeit, Zielstrebigkeit und Durchsetzungsstärke. Weitere Zuschreibungen waren: „Der hat nichts ernst genommen", „Sie hat die Dinge an sich abprallen lassen". Eine Häufung ergab sich bei den folgenden Berufen: Rechtsanwalt, Bankmanager, Immobilienmakler, Gebrauchtwagenhändler und Politiker.

Die gewonnenen Erkenntnisse seien wissenschaftlich hoch interessant, man könne aber daraus noch keine Maßnahmen zur Verbesserung der Lage ableiten, so Prof. Steak bei der Präsentation der ersten Ergebnisse. Die Wahrheit war, dass man auch herausgefunden hatte, dass die Infizierungswahrscheinlichkeit zwischen den beiden gesellschaftlichen Gruppen um ein Vielfaches größer war als innerhalb der jeweiligen Gruppe. Und dass der Lösungsvorschlag der Experten deshalb folgerichtig lautete, den Kontakt zwischen den beiden Gruppen bis zu dem Zeitpunkt, zu dem ein Impfstoff gefunden war, zu untersagen. Nur wurde dieser Vorschlag von der Staatsregierung als politisch nicht umsetzbar betrachtet. Man könne schließlich einem wichtigen Teil der Gesellschaft nicht zumuten, auf die Dienstleistung von Krankenschwestern, Altenpflegern und Psychotherapeuten zu verzichten. Dies sei diesem wichtigen Klientel der Regierungspartei nicht vermittelbar: So berichtete ein Insider aus der Staatskanzlei.

Da auch ein Impfstoff nach Meinung der führenden Virologen frühestens in eineinhalb Jahren zu erwarten war, und ein nochmaliger shut down, wie vor drei Jahren dem Mittelstand endgültig den Garaus machen würde, drängten die Verantwortlichen in Politik und Wirtschaft auf eine Zwischenlösung mit kurzfristigen Erfolgsaussichten. Um diese zu finden, beauftragte die Bayerische Staatsregierung Prof. Steak von der Uni Bonn mit einer Erweiterung der Studie um sozioökonomische Aspekte sowie der Bildung eines interdisziplinären Teams. Bereits nach dem ersten Treffen der Arbeitsgruppe wurde klar, dass man bei den Hausbefragungen einen wichtigen Parameter vergessen hatte abzufragen: die Einkommens- und Vermögensverhältnisse. Das Team um Prof. Steak wurde durch Studenten der LMU-München erweitert, und so konnte die erneute Befragung der bereits besuchten Haushalte innerhalb von zwei Wochen abgeschlossen werden.

Mit den neu gewonnenen  Daten ergab sich nun eine klare Korrelation zwischen der Ansteckungswahrscheinlichkeit, Schwere der Erkrankung und Sterberate einerseits und den Einkommens- und Vermögensverhältnissen andererseits, so dass das Teammitglied Prof. Helmar Wüst vom renommierten Münchner ifo-Institut in einer Sondersendung der ARD die maßgeblichen Erkenntnisse sowie den Vorschlag des interdisziplinären Teams an die Staatsregierung, dem Fernsehpublikum bekannt gab: Da die Aggressivität des Virus in den einkommensschwachen Schichten der Stadtteile wie Ramersdorf und Sendling um einen Faktor 10 höher läge als in den Stadtteilen wie Grünwald und Solln, so Prof. Wüst, lautete die Empfehlung des Expertenteams, dass die wohlhabenden Familien die Hälfte ihres Vermögens und Einkommens in einen Fond einzahlen, aus dem dann die ärmeren Familien ausbezahlt werden, so dass ein Vermögensausgleich zwischen den beiden Schichten stattfindet. Dies basiere auf dem Grundsatz: *Eigentum verpflichtet gegenüber der Gesamtheit.* Man erwarte, dass dann auch das Virus seine Aggressivität von derzeit zwölf, auf der an die Richter-Skala angelehnten Aggro-Skala in den am schlimmsten betroffenen Stadtteilen, auf einen Wert von 1 bis 1,5 vermindere. Und dass sich in der Folge die Sterberate von derzeit 5 % in diesen

Stadtteilen auf einen Wert von 0,5 % wie in Grünwald und Solln einpendele und der *Frieden* wieder in die stärker betroffenen Stadtteile einkehre..

Im folgenden Beitrag informierte ein übermüdet wirkender Ministerpräsident seine Bürger darüber, dass das bayerische Kabinett in einer beispiellos kurzen Zeit, nämlich innerhalb von 24 Stunden, alle drei Lesungen zur Änderung des Artikels 103 der Bayerischen Verfassung durchgezogen habe und dass die Abstimmung fast einstimmig erfolgt sei. Lediglich die Freien Demokraten hätten dagegen gestimmt. Im Anschluss daran äußerte sich der Vorsitzende der Katholischen Bischhofskonferenz, Kardinal Reiner Quarks, zufrieden über das schnelle und konsequente Vorgehen der Staatsregierung. Schließlich seien vor Gott alle Menschen gleich. Lobend über den bayerischen Vorstoß äußerte sich auch der Bundesminister für Arbeit und Soziales, Friedolin Feil. Man wolle abwarten, wie sich die Fallzahlen in Bayern entwickeln und bei positivem Verlauf das bayerische Modell für den Bund übernehmen. „Denn nicht nur vor Gott, sondern auch *vor dem Gesetz sind alle gleich*", sprach der Minister mit einer dem Ernst der Lage entsprechenden staatsmännischen Miene in die Fernsehkameras.

Zitat 1: „Eigentum verpflichtet gegenüber der Gesamtheit."

Basistext 1: Bayerische Verfassung, Art. 158

Zitat 2: „Vor dem Gesetz sind alle gleich."

Basistext 2: Bayerische Verfassung, Art. 118

# Unruhige Zeiten

*Reinhold Schneider*

Letztes Jahr freuten sich die Menschen auf die Osterferien. Auf der Autobahn dicht an dicht im Stau zu stehen, war einfach gemütlicher, als heute mit zwei Metern Abstand vor dem Supermarkt warten zu müssen. Dieses Jahr, in Zeiten von Corona, freuen sie sich vermutlich, wenn die Ferien in zwei Wochen endlich vorbei sind. Denn dann, so die Hoffnung, sollte die Ausgangsbeschränkung zumindest gelockert werden. Vermutlich kann ich mir in zwei Wochen ein Leben ohne gar nicht mehr vorstellen. Denn sie hat ja auch was Gutes. Auf dem Marktplatz hört man jetzt die Vögel pfeifen. Die Stille an der verkehrsreichsten Kreuzung hat etwas Erhabenes. Ein Spaziergang in der Innenstadt ist jetzt wie Meditation. Ein eigentümlicher *Frieden* hängt wie ein unsichtbarer Nebel über der Stadt.

Drei Tage vor dem Ende der Osterferien spricht die Bundeskanzlerin zu ihrem Volk: *Jeder hat das Recht auf Leben und körperliche Unversehrtheit.* Sie bittet um Geduld.

Dann kommt die beruhigende Nachricht: Die Ausgangsbeschränkung wird um zwei Wochen verlängert. Ich atme erst mal auf. Doch wie wird es weitergehen? Die Akademie der Wissenschaften hat eine zwar behutsame, aber doch schrittweise Lockerung der Maßnahmen empfohlen. Das klingt nach einem langsamen Zurückkehren in unsere alte verrückte Welt.

Werde ich mich dort noch zu Recht finden?

Bestimmt werde ich die Ruhe auf den Straßen vermissen. Und die leeren Autobahnen. Und in den Medien wird mir die tägliche Präsenz der Zahlen fehlen. Wie viele Infizierte, Tote, Genesene gibt es heute in Bayern, in Deutschland, in Europa, in Amerika und in der ganzen Welt?

Ich sehe unruhige Zeiten auf mich zukommen. Ich werde nicht mehr wissen, was mich in meinen Talkshows erwartet. Bei Maybritt Illner, bei Markus Lanz, bei Frank Plasberg und auch nicht bei Anne Will. Ich werde unsere Experten nicht mehr sehen dürfen. Die Virologen, die Epidemiologen und die Intensivmediziner. Auch auf die regelmäßige fürsorgliche Ansprache durch unsere Politiker werde ich verzichten müssen. Ich werde wieder selbst entscheiden müssen, was ich darf und was ich nicht darf. Und ich werde mich wieder mit den anderen Problemen unserer Existenz beschäftigen müssen. Mit der Einkommensschere, der Rentenlücke, dem Mindestlohn, dem Lehrlingsmangel, unserer Innovationsschwäche und der vermurksten Energiewende, der Meeresverschmutzung, dem Plastikmüll, dem Flüchtlingsthema, dem Verschwinden des Regenwaldes und der

Artenvielfalt, dem Bienensterben und dem Glyphosat auf unseren Feldern und nicht zuletzt der Luftverschmutzung. Der Gedanke an all das macht mir Angst! Wie kann ich dem entrinnen? Diese schöne ruhige Zeit, wie ich sie jetzt genießen darf, wird bald vorbei sein.

Die 18 Uhr-Nachrichten reißen mich jäh aus meinen trüben Gedanken. Der Präsident des RKI präsentiert die neuesten Zahlen zu Corona. Augenblicklich legt sich eine friedliche Stimmung über mein aufgewühltes Gemüt. Entspannt lausche ich bewusst der Monotonie der sich täglich verändernden Zahlen. Wer weiß, wie lange ich es noch genießen darf.

Zitat: *„Jeder hat das Recht auf Leben und körperliche Unversehrtheit".*
Basistext: Das deutsche Grundgesetz, Artikel 2, Satz 2

# Welt

# Friedenstra`m

*Karl-Heinz Austermayer*

Iatz is also doch wieder passiert,
i hätt`s net gla`bt, dass uns des no`mal blüaht,
a Wahnsinniger hat d`Welt in an Kriag nei`trieb`n
und se de "Heiligkeit" a no auf d`Stirn naufg`schrieb`n.
Hab`n`s denn aus de zwoa Weltkriag nix g`lernt,
da hat se doch wirklich koaner "goldene Sporen" vo`deant ?
Hab`n`s denn de Schrecken scho wieder vo`gess`n,
dass scho wieder amal earnerne Waffen mess`n ?
Oder hab`n`s den Unmenschen ganz oafach unterschätzt
und net g`spannt, dass er nur nach a kriegerischen Ausanandersetzung lechzt ?

A Kriag is wia a großer Streit,

er is vui schneller o`g`fangt wia wieder g`heilt,

er is unmenschlich und brutal

und fordert Tote – ohne Zahl,

de Toten kinan koa Klageliad mehr singa,

mia müass`n um an beständigen *Frieden* ringa,

mit Hass, Missgunst und Neid

kimmt ma bekanntlich im Leb`n net weit,

nur wenn se d`Menschen wieder mehrer lieben,

wurderter vielleicht wahr  -  *mei stader Tra`m vom Frieden!*

Zitat: „I have a dream" (*mei stader Tra`m vom Frieden*)

Basistext: Martin Luther King, Rede beim Marsch auf Washington für Arbeit und Freiheit (28.8.1963)

# Umweltbewusstsein

*Karl-Heinz Austermayer*

Bisher no nia dalebte Orkane wüten ganz fürchterlich `rum
und knickan ganz Wälder wia Zündhölzer um,
dann kimmt wochenlanger Dauerreg`n, der ois überschwemmt
und wo ma gleich gar koa schön`s Weda nimmer kennt,
a anders Mal hau`n dann Hagelstürm` ois a so z`samm,
dass oan glei vor da Zukunft werd - angst und bang!
   Ganz überraschend scheint am nächst`n Tag dann auf amal d`Sunn
und wenn ma an Unterschied segt, fragt ma se scho manchmal - warum?
Warum hat des Unglück iatz a so sei` müass`n,
lasst uns da Herrgott da olwei für was büass`n?
Oder wui er uns nur vor ebbas no Schlimmern mahna?
ma kon an Grund eigentlich grod da`ahna.
   Mit da Sunn zoagt er uns, wia sche dass auf da Welt sei` kunnt,
wenn ma`s mit da Umwelt net treib`n tat`n - so bunt,
mit de Unwetter wui er uns wohl zoag`n, was uns ge blüaht,

wenn se in unser`m Bewusstsein net bald was rüaht,

mia derfan d`Welt net no mehrer vo`gift`n,

ja gar nia mehr derf ma an Kriag o`stift`n,

*mia müass`n um an beständigen Frieden ringa,*

*nur des kon uns und unsere Kinder a sichere Zukunft bringa*

    D`Welt duat a de Menschen doch net g`hör`n

und scho deshalb derf ma`s erst recht net zerstör`n,

unsere Kinder woll`n doch a no d`rauf leb`n,

und an sie müass ma`s ja irgend wann amal weitergeb`n,

wenn`s dann soweit is, soll`s doch a no bewohnbar sei`,

und des müassert unser aller Ziel doch sei`!

    Drum lasst`s uns ganz schnell d`Umwelt wieder mehrer verschona,

d`Natur duat uns dafür ganz sicher reichlich belohna,

für d`Welt als unser`n oanzigen Lebensraum derf uns oafach nix rei`n,

nur wenn des alle ei`seg`n – kon s`es a in Zukunft bleib`n !!

Zitat: „An den Frieden denken heißt, an die Kinder denken:" (mia müass`n um an beständigen Frieden ringa, nur des kon uns und unsere Kinder a sichere Zukunft bringa)

Basistext: Michail Gorbatschow, Briefwechsel mit Astrid Lindgren zum Thema Frieden.

# Frieden

*Robert Xaver Gapp*

*„Wenn wir wahren Frieden in der Welt erlangen wollen,*
*müssen wir bei den Kindern anfangen."*

Schwarzer Rauch aus den Ruinen,
Stille erdrückt das ganze Land,
Verwesung steigt aus allen Ritzen,
Massengräber überall.

Frauen trauern um die Toten,
die Tränen sind schon längst versiegt,
Soldaten, Kinder, Frauen –
in ihren Gesichtern: Grauen..

Die Herzen - kalt und schwer,
gefüllt mit **WUT** und **HASS**,
Liebe ist zum Wort verkommen –
und die Blicke, starr und leer.

Ein kleiner Vogel bricht die Stille
mit seinem leisen *Friedens*lied,
Kinder spielen in Ruinen
mit den alten Waffen – Krieg.

Gevatter Krieg ist fortgezogen,
nachdem er gierig hat vertilgt,
seine Exkremente: Leid und Not,
Durst und Hunger – täglich Brot.

In Fabriken anderer Länder
rollen Waffen neu vom Band,
**GIER** und **MACHT** – das ew'ge Spiel,
finden schnell ein neues Ziel.

Ein kleiner Vogel bricht die Stille
mit seinem leisen *Friedens*lied,
Kinder spielen in Ruinen
mit den alten Waffen – Krieg.

Eine Blume zwischen Trümmern,
ein kleines Mädchen pflückt sie ab,
und legt sie sanft und leise,
auf ein unbekanntes Grab.

Ein kleiner Vogel bricht die Stille
mit seinem leisen *Friedens*lied,
Kinder spielen in Ruinen,
lauschen stumm dem leisen Lied.

Zitat: „Wenn wir wahren Frieden in der Welt erlangen wollen, müssen wir bei den Kindern anfangen."
Autor: Mahatma Gandhi

# Da Friedn is ausbrocha

*Robert Xaver Gapp*

*„Der Friede ist ein Baum, der eines langen Wachstums bedarf."*

Da *Friedn* is ausbrocha,
mei, wos mach i iatz bloß,
da *Friedn* is ausbrocha,
iatz is nix mehr los.

Da Dog vagehd
ohne Mordn, ohne Gschrei,
da Geist und de Herzn
san entwaffnet und frei.

S Gwissn is nimma
vo bluadige Fahna umgeem,

es riachd nimma noch Doud,
grod no noch Freiheit und Leem.

Auf de Fahna koane Paroln,
koa Konterfei,
auf de Fahna stehd grod no:
Iatz samma frei!

De Soidadnkinda
streiffn de Uniform ob,
de weißn Daum
steing auf ausm Groob.

Und de Doudn bloosn
ganz laut in a Horn,
daaß da *Friedn* ja ned
wia da Kriag gehd valorn.

# Der Frieden ist ausgebrochen

*Robert Xaver Gapp*

Der *Frieden* ist ausgebrochen,
was mach ich jetzt bloß,
der *Frieden* ist ausgebrochen,
jetzt ist nichts mehr los.

Der Tag vergeht
ohne Morden, ohne Geschrei,
der Geist und die Herzen
sind entwaffnet und frei.

Das Gewissen ist nicht mehr
von blutigen Fahnen umgeben,
es riecht nicht mehr nach Tod,
sondern nach Freiheit und Leben.

Auf den Fahnen keine Parolen,
kein Konterfei,
auf den Fahnen steht nur noch:
Jetzt sind wir frei!

Die Soldatenkinder
streifen die Uniform ab,
die weißen Tauben
steigen auf aus dem Grab.

Und die Toten blasen
ganz laut in das Horn,
dass der *Frieden* ja nicht
wie der Krieg geht verlor'n.

Zitat: „Der Friede ist ein Baum, der eines langen Wachstums bedarf."
Autor: Antoine de Saint-Exupéry

# 1945 ff.

*Uta Grabmüller*

1945 bedingungslose Kapitulation Deutschlands. Ab 23 Uhr schwiegen die Waffen über deutschem Boden. Deutschland beschloss, *als gleichberechtigtes Glied in einem vereinten Europa dem Frieden der Welt zu dienen.*

*Frieden* auf deutschem Boden.

1946 1947 1948 1949 1950

1951 1952 1953 1954 1955 1956 1957 1958 1959 1960

1961 1962 1963 1964 1965 1966 1967 1968 1969 1970

1971 1972 1973 1974 1975 1976 1977 1978 1979 1980

1981 1982 1982 1984 1985 1986 1987 1988 1989 1990

1991 1992 1993 1994 1995 1996 1997 1998 1999 2000

2001 2002 2003 2004 2005 2006 2007 2008 2009 2010

2011 2013 2013 2014 2015 2016 2017 2018 2019 2020

*Frieden* auf deutschem Boden.

*Frieden* auf deutschem Boden?

Zitat: „... als gleichberechtigtes Glied in einem vereinten Europa dem Frieden der Welt zu dienen."

Basistext: Präambel des Grundgesetzes der Bundesrepublik Deutschland. 23. Mai 1949

# Amygdala

*Hans-Peter Kreuzer*

Die Bewohner von Amygdala lebten in Angst. An ihren Staatsgrenzen standen zu Tausenden die Geflohenen, in deren Heimat Leid und Not herrschten. Durch nicht enden wollende Kriege waren sie zu Bettlern geworden. Die Amygdalaner ließen sie nicht ins Land. Sie hatten hohe Zäune errichtet, über die sie den Belagerern Brot und Decken zuwarfen. Ihre Angst, bald schon selbst zum Spielball mächtiger Regenten zu werden, war groß und verengte ihre Herzen. Tatsächlich war der äußere *Friede*, den sie nun schon unglaubliche sieben Jahrzehnte hatten erleben dürfen, mehr denn je gefährdet, denn eine große Schachpartie war im Gange. Es spielte der hybride Zar Wladimir gegen Donald, den mächtigen megalomanischen Populisten, der jenseits des großen Ozeans regierte. Beide scherten sich nicht um demokratische Regeln. Sie brachten ihre Figuren ins Spiel und opferten diese, sobald das zu ihrem Vorteil war. Mit schrecklichen Waffen hielten sie sich gegenseitig und zugleich die ganze Welt in Schach. Der Welt*frieden* hing an einem seidenen Faden. Dass daran beharrlich auch andere, ebenfalls gefährliche Regenten nagten, machte alles nur noch gefährlicher. Auch mit dem inneren Frieden war es im Land nicht weit her. Viele wurden durchs Leben getrieben, bis sie am Ende ausgebrannt waren. An den Streitigkeiten, in die sie sich verwickelt sahen, verdienten sich die Advokaten goldene Nasen, waren aber damit auch nicht glücklicher. Auf diese unfriedliche Welt stürzte am 13.September 2023 das Bruchstück eines Meteoriten. Es war gerade so groß, dass es in Marcos Faust passte. Der Junge erkannte nicht, dass mit dem seltsam geformten Stein hoch ansteckende Viren aus einer fernen Galaxie angereist waren. Im Nu hatten sie sich in ganz Amygdala und bald über die ganze Welt ausgebreitet. Da sie keine Krankheit auslösten, blieben sie unentdeckt. Die Wesensveränderung, welche die von ihnen befallenen Menschen erfuhren, blieb rätselhaft. Verwundert nahmen die Betroffenen zur Kenntnis, dass sie des Streitens müde waren und nur noch nach Aussöhnung strebten. Soldaten legten ihre Waffen nieder. Generäle und Politiker hinderten sie nicht daran. Die Zäune an den Grenzen wurden abgebaut, doch zum Erstaunen der Amygdalaner strömten die Geflohenen nicht ins Land. Sie waren in ihre Heimat zurückgekehrt, nachdem zuvor die Friedensviren auch dort gründlich ihr Werk verrichtet hatten. Korrupte Politiker, Börsenspekulanten und Waffenhändler, die es noch nicht erwischt hatte, fluchten gewaltig. Ihre Geschäfte brachen ein. Die Infizierten hatten die Schädlichkeit der Gier, des Hasses und der Gleichgültigkeit erkannt und ihr Verhalten geändert. Auch Wladimir und Donald wurden friedfertig. *Friede mit Gott und dem Nachbar: so will es der gute Schlaf* – so dachten sie und gaben sich mit einem versöhnlichen Patt zufrieden.

Die Welt war dank der Viren aus dem All friedlich geworden. Alle Menschen sahen nun die Erde selbst als ihre gemeinsame Grenze an, und jeder gestand jedem zu, auf ihr in Recht und Freiheit zu leben.

Zitat: „Friede mit Gott und dem Nachbar: so will es der gute Schlaf."
Basistext: Friedrich Wilhelm Nietzsche: Also sprach Zarathustra – Ein Buch für Alle und Keinen. Die Reden Zarathustras.

# Gedankn zum Friedn

Sepp Obermüller

*„Glücklich zu preisen sind die, die Frieden stiften."*

Is des am Menschen ned beschiedn,
dass weltweit sei ko endli *Friedn*?
Worum san d'Menschn denn bereit,
mit Waffn ausz'trogn jedn Streit?

A jeds Voik se noch *Friedn* sehnt.
Do wia mas aus da Gschichte kennt,
wird im Staadn Hass geschürt,
mit Propaganda raffiniert,
werd geng andre Vöika ghetzt.
D'Messa, de san lang schon gwetzt.

Wir soitn do moi hintafrogn:
Wos is wohr, und wos is glogn?

Des außaz'findn is ned leicht,
wei d'Lug an Menschen schnäi erreicht.

Wer san de grauen Eminenzen,
de übaschreitn oiwei Grenzn?
Wer ziagt denn anonym de Fädn,
wer spuit mit uns wia Marionettn?

Waffnhändla ohne Gwissn
wurdn Kriage scho vermissn.
Und a d'Rüstungsindustrie
vadeant jetz so vui Geld wia nie.

Dann kimmt de Politik ins Spui.
Bei etla Herrscher hot mas Gfui,
dass si vo da Macht berauscht
und s'Gwissn genga Gier ham tauscht.

Waffnfabrikn und Waffnhandl
ham oft de Politik am Bandl.
Wenn de zammspuin im Geheima,
dann wird's gfährlich und gemeina.

In mein Kopf, do geht ned nei,
wias sowos gibt, wia ko des sei,
dass d'Kriegstreiba ham des Sogn.
Wos kimmt wirkli do zum Trogn?

Von am Netz umgarnt is d'Welt
durch de Gedankn, jeda zählt.
Ois, wos d'Menschn je gedacht,
is in Wirklichkeit a Macht.

Drum soitn ohne Hass wir denga
und de Gedankn Achtung schenga:
Wenn oana denkt, er waar z'kloa
und er kunnt do gor nix doa,

glaabt's ma des, wos i eich sog.
D'Gedankn kemman auf a Woog,
und wenn de guadn übawiegn,
dann wird auf da Erdn *Friedn*.

Zitat: „Glücklich zu preisen sind die, die Frieden stiften."
Basistext: Bibel, Evangelium nach Matthäus 5,9

# Friede

*Sybille Trapp*

*FRIEDE?*

| *F* | R | *I* | *E* | *D* | *E* |
|---|---|---|---|---|---|
| *r* | *u* | *n* | *i* | *a* | *r* |
| *e* | *h* | | *n* | *u* | *l* |
| *i* | *i* | | *t* | *e* | *e* |
| *h* | *g* | | *r* | *r* | *b* |
| *e* | | | *a* | *h* | *e* |
| *i* | | | *c* | *a* | *n* |
| *t* | | | *h* | *f* | |
| | | | *t* | *t* | |

So ungefähr steht es bei einem der Alten, der es wissen musste
und für den *das Wort Friede einen süßen Klang* hatte.

*FRIEDE?*

*FRIEDE:* Zustand ungestörter Ordnung und Harmonie;
politisch und rechtlich geordneter Zustand
innerhalb eines Gemeinwesens
bzw. zwischen mehreren von ihnen
So oder ähnlich schreiben die Nachschlagewerke.

*FRIEDE?*

*FRIEDE* ist, wenn kein Unzufriedener Zwietracht sät
*FRIEDE* ist, wenn keine Waffen Leben auslöschen
*FRIEDE* ist, wenn keiner Vertreibung erleidet
*FRIEDE* ist, wenn …

*FRIEDE?*

*FRIEDE* wird allzu oft von den Mächtigen geächtet
*FRIEDE* wird allzu oft ohne Not geopfert

*FRIEDE* wird allzu oft nicht verhandelt
*FRIEDE* wird allzu oft …

*FRIEDE?*

Privileg weniger
Utopischste aller Utopien

EIRENE!

Wann erbarmst du dich?
Wann lässt du endlich alle

**F** e h d e n
**R** u h e n
**I** n
**E** w i g k e i t
**D** u
**E** r h a b e n e **?**

Zitat 1: „Pax est tranquilla libertas." (Friede ist Freiheit ruhig in Eintracht dauerhaft erleben.)

Zitat 2: „… nomen pacis dulce est." (… das Wort Friede hat einen süßen Klang.)

Basistext: Ciceros zweite Philippische Rede gegen M. Antonius

# Register der Autorinnen und Autoren

# Danksagung

Liebe Leserin, lieber Leser,

wir freuen uns sehr, dass der „Chiemgau-Autoren e.V." mit diesem Band nun bereits den dritten Teil seiner Anthologie-Reihe vorlegen kann – nach Teil I mit der Geschichtenkette „Trotz.Kollaps.Schreiben" von 2018 sowie Teil II „Das Salz in der Suppe – sind wir!" von 2019. Auch dieses Mal haben viele Mitglieder unseres Vereins Zeit, Inspiration und Herzblut in die Arbeit an ihren Texten gesteckt. Ebenso haben sich einige Mitglieder intensiv an der Organisation des Projekts beteiligt. Als Vorsitzende möchte ich im Namen des Vereins all jenen herzlich danken, die damit diese Veröffentlichung möglich gemacht haben. Besonders hervorheben möchte ich

Reinhold Schneider für die entschlossene und effektive Projektleitung, mit der er die ursprüngliche Idee auch durch die schwierigen Corona-Zeiten bis zu ihrer Verwirklichung hindurchgetragen hat; ebenso möchte ich ihm danken für die Leitung des Arbeitskreises, die Organisation des Leseabends, die Erstellung der Druckvorlage, die Bereitstellung des Cover-Fotos, sowie für die Gesamtleitung bei der Veröffentlichung der Texte;

Uta Grabmüller für die engagierte und gewissenhafte Redaktion aller Texte, ebenso wie für die fruchtbaren Ideen und Anregungen, die sie in das Projekt eingebracht hat;

Sybille Trapp und Martin Trautwein für ihre aktiven Beiträge zum Konzept des Schreibprojekts, für das erste Sichten der Texte, die Recherche von Zitaten und Quelltexten, für die Kommunikation mit den Autoren und die Unterstützung bei der Organisation;

Meike K.-Fehrmann für die Vorbereitung und Durchführung des Druckauftrags;

Annemarie Singer für die Gestaltung des Buchcovers;

Und last but not least: allen Autorinnen und Autoren, die die Vorgaben des Schreibprojekts mit Leben gefüllt haben und so eine breite und vielfarbige Palette an Texten entstehen ließen, die sie nun dem Verein zur Veröffentlichung in dieser Anthologie kostenlos zur Verfügung stellen.

Auch in diesem Jahr und für dieses Projekt wird der Verein eine Abendveranstaltung organisieren, bei der die Autorinnen und Autoren ihre Texte dem Publikum präsentieren. Für den Einsatz aller Organisatoren und Unterstützer möchten wir an dieser Stelle bereits Dank sagen, insbesondere an

Christine Heimannsberg und Reinhold Schneider, die am Leseabend die Moderation übernehmen;

Michaela und Karl Bocka für die musikalische Gestaltung des Abends;

der Marktgemeinde Grassau und insbesondere Caroline Zeisberger für ihre Unterstützung bei der räumlichen Realisierung des Leseabends im Grassauer Heftersaal;

Martin Trautwein für die Gestaltung der Plakate und Flyer;

Armena Kühne für die Betreuung des Büchertischs am Abend der Veranstaltung,

sowie allen Mitgliedern, die am Leseabend bei der Organisation und Umsetzung des Hygienekonzepts mitwirken.

Unserem Buch wünschen wir viele Leserinnen und Leser und hoffen, dass wir – gerade in diesem so schwierigen Jahr – mit spannenden Geschichten und abwechslungsreichen Gedichten ihr Leben um den ein oder anderen frischen Blick und um neue Erfahrungen bereichern können.

Im Namen des Vorstands des „Chiemgau-Autoren e.V."

Waltraud R. Schögler